Lily Zografou wurde 1922 in dem Fischerdorf Milatos (Lassithi) auf Kreta geboren. Nach dem Studium der Philologie schrieb sie zunächst für verschiedene Literaturzeitschriften. 1949 erschien ihr erstes Buch *Agapi (Liebe)*, eine Sammlung von Kurzgeschichten. Danach bereiste sie mehrere Jahre Mittel- und Osteuropa und arbeitete als Journalistin. 1959 etablierte sie sich mit einer Abhandlung über Nikos Kazantzakis. Insgesamt veröffentlichte sie 24 Titel: Romane, Novellen, Theaterstücke und Essays. Ein Hauptthema ihres Werkes ist der Kampf der modernen Frau für Freiheit und Unabhängigkeit.

Der vorliegende und letzte Roman Lily Zografous erschien 1994 unter dem Titel *I agapi argesi mia mera* und wurde vier Jahre später für das griechische Fernsehen verfilmt. Im Vorwort bezeichnet sie sich als „leidenschaftliche Antifeministin". Die Begründung: „Weil ich froh bin, als Frau geboren zu sein. Ich habe mich nie weit von den Männern entfernt gefühlt, die Männer besaßen nichts, was ich mir nicht genommen habe, wenn ich es haben wollte. Was wäre aus mir geworden, wie hätte ich so viel Lust und solchen Spaß im Leben haben können, wenn es die Männer nicht gäbe?" Lily Zografou starb am 2. Oktober 1998 in Iraklion (Kreta).

Lily Zografou

Die Frauen der Familie Ftenoudos

Aus dem Griechischen
von Sawina Kordistos

Bibliografische Information Der Deutschen Bibliothek
Die Deutsche Bibliothek verzeichnet diese Publikation in der Deutschen Nationalbibliografie; detaillierte bibliografische Daten sind im Internet über http://dnb.ddb.de abrufbar.

Titel der 1994 im Athener Alexandreia Verlag
erschienenen griechischen Originalausgabe:
I agapi argise mia mera (ISBN 960-221-080-X)

Der Titel wurde mit Genehmigung des Verlags geändert.

Verlag Dr. Thomas Balistier
Egartstraße 19
D-72127 Mähringen
www.kreta-buch.de

Übersetzerin:
Sawina Kordistos
www.kordistos.com

1. Auflage Mähringen 2004
5. Auflage Mähringen 2019
Redaktionelle Beratung: Ulla Fuchs
Satz & Layout: PEAK Agentur für Kommunikation GmbH, Tübingen
Umschlagfoto: Franz Altherr, Zürich
Herstellung: bookpress.eu, Olsztyn (Polen)

ISBN 978-3-937108-01-8

Es war still hier, die Gegend machte einen ganz verlassenen Eindruck. Der Herbst hatte mit bunten Farben Einzug gehalten, und zarte Wolken hingen am Himmel als wären es Wattebäuschchen. Bäume, Sträucher und Blumen wuchsen ungezähmt und üppig und wirkten wie Vorboten der Abgeschiedenheit, die einen hier erwartete. Sie bildeten eine Mauer zwischen dem versteckt liegenden stillen Haus der Ftenoudos und dem traurigen, verschlafenen Örtchen. Durchschritt man den mit dichtem Grün überwachsenen Fußweg, der zum halb geöffneten eisernen Eingangstor führte, konnte man ungesehen ein paar dunkle, stille Gestalten beobachten, die leichtfüßig auf der Terrasse des Hauses hin und her gingen. Es war nicht auszumachen, ob es drei Frauen waren oder nur eine und ihr Schatten, denn sie wirkten so gleich und so uralt, als wären sie verblichene Abbilder von Wesen einer schon vor Jahrzehnten zu Ende gegangenen Zeit. In der Küche röchelte jemand und rang nach Atem. Die Küche hatte eine niedrige Decke und befand sich in einem ehemaligen Herrenhaus, das einmal bessere Zeiten gesehen hatte, aber schon immer nur aus einem einzigen Stockwerk bestand. Im Kamin flackerte ein schwaches Feuer aus dürrem Holz und Ästen, so dass die Gegenstände, von denen die im Sterben liegende alte Frau umgeben war, Furcht erregende Schatten warfen. Die Sterbende hatte verboten, den Leuchter anzuzünden, ehe es draußen nicht tiefe Nacht war.

Im Hof flüsterten die drei anderen aufgebracht miteinander. Kurz zuvor hatte der Arzt Ergini traurig gestanden, dass Frau Aspasia die nächsten vierundzwanzig Stunden nicht überstehen werde. „Ihre Zeit ist abgelaufen“, hat er zu Ergini gesagt. Ob dieser doppelten Blasphemie hatte Ergini sich entschieden und kerzengerade wie ein Feldwebel vor ihm aufgebaut und ihn wütend angefunkelt. Erstens war Aspasia ein Fräulein und zweitens war die Anspielung auf das Alter unannehmbar. Schade, dass es den alten Hausarzt nicht mehr gab, der noch das ungeschriebene Gesetz geachtet hatte, Alter und Geburtsdatum nicht zu nennen. Natürlich, weil er noch älter gewesen war als ihr verstorbener Vater. Doch was konnte man von diesen unwissenden jungen Gelehrten schon erwarten! Ihre Schwester Aspasia würde nicht einfach so von ihnen gehen! Sonst wäre ja niemand mehr da, der den Alltag der drei Schwestern regelt, Entscheidungen traf und als der offizielle Vertreter der Familie Ftenoudos auftrat! Erbost schaute sie zur Tür, durch die der Arzt gerade verschwunden war. Seine frevelhaften Worte hatten sie aufgebracht. Aspasia würde es nicht wagen, zu sterben wie alle anderen. Aspasia wurde von ganz Neochori geachtet, und sie war Mitglied im Ausschuss zum Schutz der historischen Kirche *Heilige Maria von Fermalina!* Gewiss, seinerzeit, als ihr grausamer Vater erkrankte, waren sie genauso erschüttert gewesen. Aspasia hatte ihnen damals versichert, dass ein Ftenoudos nicht mir nichts dir nichts sterben, sondern wie Diogenes[1] den Tod besiegen werde. Denn nach Aspasias Meinung starb ein vornehmer Herr wie Ftenoudos nicht einfach so, das wäre eine Beleidigung der Natur gewesen! Und Aspasia behielt Recht. Der Vater konnte sich zwar monatelang nicht vom Bett erheben, aber niemand erfuhr je, dass und woran er erkrankt war. Wann immer Mutter ihm vorschlug, einen Arzt zu rufen – mit dem gebührenden Respekt versteht sich –, brüllte er sie an und fletschte durch seinen stoppeligen weißen Bart wütend die schmutziggelben Zähne. „Ich brauche hier keinen Taugenichts, der sich aufspielt, als habe er die Weisheit mit Löffeln geschluckt. Ich kann allein entscheiden, wann ich aufstehe“, schrie er und spuckte Blut dabei.

Und dann stand er doch nie wieder auf. Seine Töchter, die fest an die Allmacht des Vaters geglaubt hatten, waren ganz aufgelöst, als die Mutter plötzlich „euer Vater ist tot!“ rief. Sie liefen herbei, beugten sich über den regungslosen Leichnam und waren fest davon überzeugt, einer Regelwidrigkeit des Lebens gegenüberzustehen. Und keine von ihnen schien glauben zu können, dass selbst der schreckliche Ftenoudos sterblich war.

Noch lange danach wollte es ihnen nicht gelingen, seinen Tod anzunehmen. Zumindest nicht mit dem Herzen … Erst recht nicht mit dem Herzen! Zeit seines Lebens hatte er sie ignoriert und weder Liebe gegeben noch verlangt. Er hatte ihnen immer nur Angst eingejagt. Und nun auf einmal dieser Wandel! Sie kannten ihn als harten und grausamen Menschen, und noch lange nach seinem Tod fürchteten sie, er werde sich aus seinem Grab erheben, während sie gerade das Grablicht anzündeten, und Rechenschaft darüber verlangen, wie sie als seine Untergebenen es wagen konnten, ihren unbesiegbaren Vater derart dreist und gesund zu überleben. Die drei Schwestern hatten sich nur schwer an den Gedanken gewöhnen können, sich nie wieder für ihr eigenes Überleben oder für die Geringschätzung seiner Macht rechtfertigen zu müssen. Sie beneideten ihre Mutter Erifili, die seinen Tod ganz nüchtern hingenommen hatte. Mag sein, dass sie Angst hatte vor der Begegnung mit Gott, denn eine schwere, nie gebeichtete Sünde lastete auf ihr, aber sie war der Überzeugung, dass die Toten nicht so fühlen konnten wie die bedauernswerten Lebenden, und dass sie selbst nichts und niemanden jemals so fürchten würde, wie sie Michailos Ftenoudos vierzig und mehr freudlose und angsterfüllte Jahre gefürchtet hatte … auch wenn sie ihn aus tiefster Seele verachtet und auch wenn sie ihm neun Kinder geboren hatte – den Papieren nach waren es drei Söhne und sechs Töchter.

Die Geburt der vorletzten Tochter veränderte ihr Leben. Vom ersten Tag an strahlte die Welt durch die Schönheit des Neugeborenen. Zwei einzigartige veilchenblaue Augen schauten Erifili gebannt an. Und sie schloss es fest in ihre Arme und spürte zum ersten Mal in ihrem Leben das Wunder der Liebe. Und zum ersten Mal in ihrem Leben lächelte sie richtig glücklich und konnte sich nicht satt sehen an dem alabasterfarbenen Gesicht des kleinen Wesens. Seine Augen schimmerten wie tiefe blaue Seen und seine Wangen waren so klar und leuchtend wie ein Frühlingsmorgen. Das kleine Gesicht umrahmte üppiges blondes Haar, das viel zu hell war für diese ganz und gar dunkelhaarige Familie. Das Kind hatte so wenig mit Michailos grober, düsterer Gestalt gemein, dass man meinen konnte, die Mutter habe es allein durch das Riechen an den wilden Blumen im Garten und durch ihre große Sehnsucht nach Schönheit und Liebe empfangen.

Doch bald überkam Erifili die Angst, sie könnte ihre derart einzigartige Tochter verlieren. Sie hatte einmal von einem Säugling gehört, der ohne Grund gestorben war, und während die Hebamme die Nabelschnur durchtrennte, soll sie gesagt haben: „Wann immer ich ein Neugeborenes sehe, das aussieht wie ein Engel, der dem Paradies entsprungen ist, dann weiß ich, dass es nicht lange unter den Sterblichen weilen, sondern bald in den Himmel, in den es gehört, zurückkehren wird." Erifili ließ ihre Tochter auf den Namen Erato taufen. „Was bedeutet das?", fragten die anderen Mädchen. „Erato bedeutet: die Begehren weckt. Sie war eine von den Musen, aber auch eine Meerjungfrau unter Nereus fünfzig Töchtern, alle unsterbliche Nymphen und für ihre Schönheit bekannt."

In solche Dinge mischte sich Michailos nicht ein. Er hatte die Namen seiner drei Söhne bestimmt, das halbe Dutzend Töchter in seinem Haus wäre ihm gleichgültig gewesen, hätte er diese ganzen unnützen Münder nicht füttern müssen. Nur vor seiner Frau Erifili empfand er heimlich Ehrfurcht. Anfang des Jahrhunderts, als er sie heiratete, arbeitete sie als Lehrerin, und zu jener Zeit gab es noch nicht einmal in den Städten viele Frauen in diesem Beruf. Bald kam dann aber ein Kind nach dem anderen, und ihr blieb nichts anderes übrig, als ihren Beruf aufzugeben. Dass seine Frau für diese blasse Tochter mit dem ausgewaschenen strohblonden Haar schwärmte, konnte er natürlich überhaupt nicht verstehen, aber er traute sich nicht, das zuzugeben, denn in ihrem Schweigen lag tiefe Missbilligung. Zumindest bezeichnete er es immer als Missbilligung. Niemals hätte er es ertragen, sich einzugestehen, dass in Erifilis Schweigen die ganze Verachtung lag, die sie für ihn empfand. Doch nicht nur er, auch die Nachbarinnen mochten das blauäugige und blonde Mädchen nicht. Sie boten Erifili an, in die Berge zu gehen und Kräuter zu sammeln. Mit den Kräutern sollte sie dem Säugling die Haare waschen, damit sie genauso schwarz würden wie die der übrigen Dorfbewohner. Erifili lachte darüber nur leise und voll heimlicher Verachtung und warf dem kleinen Mädchen, das in der Wiege, die über ihrem Bett hing, strahlte wie der Sonnenschein, anbetungsvolle Blicke zu.

Das letzte Mal, dass Erifili geschmunzelt hatte, lag schon einige Jahre zurück. Damals hatte die Kühnheit ihres Mannes sie zum Lächeln gebracht. Der Nachmittag, als auf einmal wie aus dem Nichts der Steinmetz des Dorfes in ihrem Garten auftauchte, würde ihr immer als der fröhlichste Nachmittag ihres Lebens in Erinnerung bleiben. Sämtliche Grabmäler und Kreuze auf dem Friedhof ihres Dorfes hatte dieser Steinmetz gemacht. An jenem Nachmittag betrat er mit einem großen Paket, das er vorsichtig auf den Schultern trug, ihren Garten. Man konnte nicht erkennen, was er da trug, denn es war in alte Lappen gewickelt. Mit Michailos Hilfe setzte er es langsam auf dem steinernen Balkontisch ab und verschwand so plötzlich wie er gekommen war. Erifili und ihr Sohn, der Dorfpolizist, beobachteten die beiden dabei. „Hol deine Schwestern", rief Michailos Aspasia, der Ältesten, zu, die am Hauseingang stand. Beflissen und scheu wie immer eilten die Mädchen herbei und stellten sich nebeneinander.

„Wisst ihr, was das ist?"

Die Mädchen wagten nicht den Blick zu heben, denn es war ihnen streng verboten, den Vater anzusehen. Sie meinten aber, einen riesigen Schuh vor sich zu sehen. Genauso ein Schuh hatte mal vor dem Eingang von Vaters Geschäft gestanden. Er hatte damit werben wollen, denn ihr Vater war Schuhmacher, und er war berühmt für seine perfekt gearbeiteten Stiefel. Diese hohen Stiefel nannte man auch

Schaftstiefel, und zu jener Zeit trugen alle Männer im Dorf solche Stiefel. Michailos machte allerdings nicht nur Schuhe, er flickte sie auch. Stiefel waren ein Luxus, der einen gewissen Wohlstand voraussetzte, und nur die wenigsten konnten sich öfter neue Stiefel leisten. Die Kinder im Dorf liefen solange barfuß, bis sie und ihre Füße ausgewachsen waren. Ihren Kindern jedes Jahr neue Schuhe zu kaufen, konnten sich nur die wenigsten leisten. Natürlich gingen Michailos Kinder – Jungen wie Mädchen – niemals barfuß. Mag sein, dass sie sich dadurch den Neid der anderen zuzogen, aber es hob das Ansehen der Familie, denn wer Schuhe trug, gehörte zur Oberschicht. Diese Gleichstellung mit den Schusterkindern störte allerdings die beiden Ärzte und die vier Rechtsanwälte des kleinen Ortes, in dem sich die Gerichte der Provinz, das Schulamt und die Polizeidienststelle der Präfektur befanden.

Vorfreude, ein Ausdruck, der bei ihm sonst eher selten zu sehen war, stand Michailos ins Gesicht geschrieben, als er die Lappen herunterriss und rief: „Das ist unser Familienwappen!" Auf diese hochtrabende Erklärung folgte eisiges Schweigen. „Los, komm her, Polizist, und lass sehen, ob sie dir in der Schule auch Lesen und Schreiben beigebracht haben!" Eleftherios las die in den halbrunden marmornen Stein eingeritzten Worte laut vor:

Familie Michailos Ftenoudos, Sohn des Evangelos
Schuhgeschäftsinhaber
geboren im Jahre 1879
Neochori 1925

Nach Bewunderung und Begeisterung heischend, schaute Michailos um sich und vergaß dabei völlig, dass er ihnen ja verboten hatte, in seiner Anwesenheit zu sprechen, geschweige denn zu lachen. „Was ist denn das, Michailos?" Erifili schaute ihn lächelnd und so demütig wie möglich an.

„Das hängen wir über die Haustür, dorthin, wo jetzt der steinerne Bogen ist.“ Die Kinder wunderten sich auch weiterhin über das unbekannt fröhliche Gesicht des Vaters.

„Damit die Leute aus dem Dorf wissen wo wir wohnen?“, hakte Erifili nach.

„Die meisten können doch sowieso nicht lesen“, rief Eleftherios dazwischen.

„Erzählt keinen Unsinn“, sagte Michailos barsch, „mit einem Familienwappen zeigen wir, dass auch wir reiche und vornehme Leute sind.“

„Vornehme Leute wie wer?“, fragte Erifili weiter, „keiner im Dorf besitzt ein Familienwappen!“

„Wie wer? Wie die Venezianer! Natürlich hat kein anderer im Dorf ein Wappen. Aber wir, wir haben einen General, einen Polizisten und eine Tochter, die Lehrerin werden soll“, schrie er verärgert und verschwand.

Die Kinder standen um die Mutter herum und stellten neugierige Fragen: „Wie heißt das? Warum haben wir so ein Ding? Wo soll man das denn aufhängen?“ Aspasia, die Erstgeborene, die den Ruf hatte, allwissend zu sein, machte der Sache ein Ende: „Habt ihr denn gar nichts begriffen? Unser Vater, dieser großartige Mensch, hat uns Gutes getan, denn er hat aus uns vornehme Leute gemacht, vornehmer als ganz Neochori zusammen.“

„Wie soll das denn gehen?“

„Und was bitte, Aspasia, liebe Schwester, sind Venezianer?“

„Was Venezianer sind? Schuhmacher, wie unser Vater, ihr Dummköpfe!“

Erifili unterbrach die Tochter barsch: „Die Venezianer, meine Tochter, waren vornehme Leute, Adlige, edle Ritter, Herzöge und Prinzen, die mit einer großen Flotte kamen und unsere Insel eroberten, bevor die Türken kamen.“ „Und gab es damals auch schon Schuhmacher, Mutter?“, fragte Ergini, die zweite Tochter (die allerdings erst nach den drei Söhnen auf die Welt gekommen war).

„Ich glaube, es gab schon immer Schuhmacher“, versicherte ihnen die Mutter und konnte nur mit Mühe vor den Kindern verbergen, wie entrüstet sie über Michailos Benehmen und die Dummheit ihrer ältesten Tochter war.

„Und die Venezianer hatten alle Wappen, so wie wir?“

Erifili tat so, als habe sie diese letzte Frage nicht gehört, ging ins Haus und betrachtete die Armut rundherum. „Armseliger Ftenoudos“, murmelte sie vor sich hin, „kannst du mir vielleicht sagen, wo ich die seidenen Unterhosen hinlegen soll? Wo man doch neuerdings durch Schilder reich und vornehm wird!“

Sie war zusammen mit der gleichaltrigen Tochter des Provinzverwalters Pascha Merit aufgewachsen, mit der sie eng befreundet war. Die Sommermonate verbrachte sie als Dauergast im Sommerhaus des Paschas. Das Haus lag im Nachbardorf, und die beiden jungen Mädchen erhielten dort Klavier- und Französischunterricht, genauso wie Webstunden. Ihr Vater, der adlige Hatzigianni, hatte den Pascha schon vor ihrer Geburt kennen gelernt. Der Pascha mochte die intellektuellen Griechen sehr. Und ihr Vater war ein gebildeter Mann, er hatte die Priesterschule von Chalki absolviert und war streng aber sanft und wohlerzogen. Als der Vater noch vor Erifilis sechzehntem Lebensjahr plötzlich starb, verheiratete die Mutter sie voller Panik mit dem Großgrundbesitzer Ftenoudos. Erifili hat das ihrer Mutter nie verziehen!

Die Mädchenstimmen erfüllten noch immer den Hof, begeistert von den Putten mit den Lilien, die sie über der Tür entdeckt hatten. Aufgeweckt durch die Stimmen und ihr Gekicher, kam das Ungeheuer heraus. Das Ungeheuer hatte dichte pechschwarze Haare, die ihm wild vom Kopf abstanden und fast bis zu den Augenbrauen reichten. Es hatte runde, winzigkleine dunkle Knopfaugen und einen dünnen schwarzen Schnurrbart, der genau so aussah wie die

Koteletten, die sein Gesicht umrahmten. Das Mädchen war fünf Jahre älter als Erato, und als es geboren war, verfiel die Familie in tiefe Trauer. Damit keiner Erifili besuchen kam, erzählten sie den Nachbarinnen, Mutter und Kind litten an Gelbsucht. Was noch nicht einmal richtig gelogen war, denn das Kind sah wirklich etwas gelb und kränklich aus, obwohl die Hebamme Erifili versichert hatte, dass es wohlauf und der starke Haarwuchs durch die Schwangerschaft bedingt sei und mit der Zeit nachlassen werde. Erifili grämte sich jedoch so sehr, Mutter dieses Kindes zu sein, dass sie sich schwor, nie wieder ein Kind zu gebären. Zum Stillen legte sie dem Säugling immer ein weißes Tuch über den Kopf, um es nicht ansehen zu müssen. Das Kind wuchs heran und blieb wie es war: schrecklich hässlich! Mit seinen winzigen Beinchen und den genauso winzigen Händchen kletterte es unbeschwert auf die Bäume im Garten und gab unartikulierte Laute von sich. In der Hoffnung, dass es bald sterben würde, tauften sie es schnell Penelope und vergaßen den Namen augenblicklich wieder. Nur Erato, obwohl sie noch so klein war, rief den Namen immer wieder, wenn sie wie so oft miteinander spielten. Als es aber sechs Jahre alt geworden war, ohne dass sich an seiner winzigen Statur, die ihm genauso wie das haarige Gesicht bis ins hohe Alter erhalten blieb, etwas änderte, trat der Familienrat – bestehend aus Michailos, Erifili und der ältesten Tochter Aspasia – zusammen. Letztere erklärte kategorisch, dass eine Familie wie die der Ftenoudos es sich nicht erlauben könne, der Gesellschaft ein derartiges Ungeheuer als ihr Fleisch und Blut zu präsentieren, zumal es Töchter im heiratsfähigen Alter in dieser Familie gebe. Daher wurde einstimmig beschlossen, es aus dem Verkehr zu ziehen. Nicht nur von der Straße, die es nie gesehen hatte, sollte es sich fernhalten, sondern auch vom Haus. Das kleine Ungeheuer ergab sich klaglos in sein Schicksal und fristete von nun an sein Dasein in dem Dachzimmer, in dem es mit drei seiner Schwestern schlief. Sogar das Essen brachte man ihm dorthin. Erst bei Einbruch der Dämmerung ging es durch die

Hintertür herunter, um sein Geschäft zu verrichten, denn das Toilettenhäuschen befand sich außerhalb des Hauses. In der Nacht war es frei und konnte im Garten bleiben solange es wollte und solange es nicht von den Nachbarn und den seltenen Passanten gesehen wurde. Wenn die Petroleumlampen im Hause verlöschten und alle schliefen, legte es den Kopf in den Nacken, um zum Himmel zu sehen. Mit seiner tiefen Stimme deutete es die leuchtenden Sterne auf seine eigene Weise: „Das sind gewiss die Lichter eines anderen Dorfes." Im Dachzimmer eingesperrt, fertigte es außergewöhnliche Handarbeiten aus getrockneten Federn. Es hatte zwar einen sehr eingeschränkten Sprachschatz, aber es verstand alle Geräusche der Erde und alle Gespräche in der Familie. In der Stille spann es aufregende Geschichten. Als Erato und das Ungeheuer Jahre später zu Verbündeten wurden, ließ Erato sich von diesen Geschichten verzaubern.

Fünf Jahre nachdem das Schicksal ihnen eine derart ungerechte Prüfung auferlegt hatte, wurde der strahlende Engel Erato geboren, und alle bekreuzigten sich, als sie sahen, welch Wunder geschehen war. Erifili, die sich doch geschworen hatte, nie wieder ein Kind zu empfangen, fand keine Erklärung für dieses göttliche Geschenk; denn sie war sich sicher gewesen, dass das Ungeheuer durch den Abscheu und Ekel entstanden war, den sie mit der Zeit, in denen er immer wieder über sie herfiel, ihrem Mann gegenüber entwickelt hatte. Aber als sie Erato empfing, hatte sie doch nicht anders empfunden? Ihre Gefühle für Michailos waren unverändert. Oder sündigte sie etwa nicht mehr? Sie war es doch gewesen, die Aspasia zugestimmt hatte, das arme Ungeheuer dem Abgrund von Kaiadas[2] preiszugeben. Anders konnte man das Dachzimmer, in dem es eingesperrt war, schließlich nicht bezeichnen! Kinder zurückzuweisen heißt, sie in den Abgrund zu stoßen! Und wie sehr schämte sie sich, dass sie es nicht über sich brachte, dem Ungeheuer in die Augen zu sehen! Die langen Nächte voller Albträume, in denen sie darauf wartete, es weinen zu hören. Und auch wenn alle anderen Kinder weinten, dieses Kind weinte niemals, denn es hatte von ganz allein verstanden, dass niemand es in den Schlaf wiegen würde. Und was war mit ihrer Ältesten? Hatte das Leben sie nicht bestraft und dazu verurteilt, mit mehr als dreißig Jahren noch immer nicht unter der Haube zu sein? Damit nicht genug, kam nun auch noch der Krieg! Und mit dem Krieg kamen drei weitere Töchter ins heiratsfähige Alter. Sie waren allerdings einige Jahre jünger als Aspasia, denn nach Aspasia waren erst die drei Söhne auf die Welt gekommen. Wer könnte jetzt noch schlafen, während drei Söhne an der Front waren? Diese Prüfung hielt allerdings nicht allzu lange an, denn die Front brach zusammen, und mit einem Mal füllte sich das Dorf mit dunkelgrünen zerknitterten Uniformen und glänzenden schwarzen Stiefeln. Die Familienoberhäupter schlossen voller Panik ihre Geschäfte und rannten nach Hause, um Frau und Kinder zu beschützen. Sie verbarrikadierten Türen und Fenster, flüsterten nur noch miteinander und achteten auf jedes Geräusch. Als aber auch am nächsten Tag alles ruhig blieb, trat einer nach dem anderen vorsichtig vor die Tür. Das Dorf war wie ausgestorben, die Geschäfte blieben geschlossen und die Kaffeehäuser leer. Die Nachbarn machten einander zur Begrüßung verstohlene Zeichen, als der eigensinnige Lumpensammler ganz außer Atem ins Dorf gelaufen kam und ihnen erklärte, dass es sich bei den Soldaten, die zu ihnen gekommen waren, nicht um Deutsche, sondern um Italiener handelte, die ein Hotel suchten. Da es etwas Derartiges im Dorf nicht gab, brachte man sie im Altersheim unter, wo nur noch vier alte Leute lebten. Doch das beruhigte niemanden, denn alle waren sich sicher, dass gewiss etwas Schlimmes passieren wird, wo sich doch so viele fremde Männer im Dorf aufhielten!

Mit der Zeit gewöhnten sich die Einheimischen jedoch an die Fremden, wobei sie nicht so weit gegangen wären, einzugestehen, dass sie die Soldaten insgeheim sogar mochten. Und das, obwohl sie sich ihren Versuchen, Freundschaft zu erkaufen, standhaft widersetzten. Und die Italiener wurden ihnen sogar noch sympathischer, als zwei Jahre später die wilde Jagd auf sie begann. Die gesamte Gegend wurde von den harten Stimmen und dem bösen Ton der Deutschen in Angst und Schrecken versetzt.

Ekaterini war eine Stelle als Lehrerin im Nachbardorf zugewiesen worden. Doch Michailos wollte nichts davon hören, dass Ekaterini zum Unterricht dorthin ging. Und Erato durfte die Oberschule nicht beenden, obwohl ihn ihre Intelligenz sehr freute. (Natürlich hatte er nicht selbst bemerkt, wie klug sie war, denn schließlich sprach er niemals mit seinen Kindern. Er hatte sich das von ihren Lehrern sagen lassen.)

Erato war jetzt fünfzehn Jahre alt und weinte, als sie bei der Mutter bleiben musste. „Das ist ja bestens! Die Deutschen im Nacken und Aspasia vor der Nase. Das bedeutet wohl, dass es für mich keinerlei Hoffnung auf ein Studium oder auf eine Heirat gibt.“ Erifili umfasste den blonden Schopf und küsste ihn: „Du, meine Tochter, wirst heiraten, weil du so schön bist wie der junge Morgen.“

„Aber erst will ich Lehrerin werden, so wie Ekaterini.“

„Und Lehrerin wirst du auch werden.“

„Und heiraten werde ich auch?“

„Meine Schneeflocke, wenn du wüsstest, wie glücklich mich die Enkelkinder machen werden, die du mir schenken wirst.“

„Woher sollen die denn kommen?“

„Ach, die werden schon kommen.“

„Aber Aspasia ...“

„Aspasia, mein Kind, hatte großes Unglück. Sie war so gut wie verlobt, als der Krieg begann. Mit einem sehr netten Herrn, einem Offizier, einem Kollegen deines großen Bruders Antonis. Wir, sie und ich gemeinsam, beschlossen, mit der offiziellen Verlobung noch ein wenig zu warten, weil wir deinen Vater zu einer Mitgift überreden wollten.“

„Wo soll er die denn hernehmen?"

„Aber, meine Schneeflocke, wir besitzen viele Grundstücke. Aber du weißt ja, was für ein Geizkragen dein Vater ist. Davon wollte er kein Wort hören. Und dann wurde der Krieg ausgerufen ..."

„Wer rief den Krieg aus?"

„Die Italiener. Der Arme schrieb ihr von der Front nur einen einzigen Brief."

„Und dann hatte er sie vergessen?"

„Er war einer der ersten, die umkamen."

„Heißt das, er hat sie wirklich geliebt?"

„Aber selbstverständlich."

„Und was tun die Menschen, die sich lieben?"

„Nun ja, die sind glücklich."

„Und er war glücklich mit unserer Aspasia? Unmöglich! Ich habe Angst vor ihr."

„Du musst sie lieben, Erato, und du musst Mitleid mit ihr haben."

„Warum hat sie dann nicht geweint? Ich glaube dir nicht, Mama. Mir scheint, Aspasia liebt niemanden, noch nicht einmal dich, obwohl es nur *eine* Mutter im Leben geben kann. Und jetzt sag mir, woher du wissen willst, dass dieser Verlobte wirklich an der Front gestorben ist. Wo ist die Front, Mama? Weit weg?"

„Sehr weit! Der Krieg war in den Bergen."

„Besteht die Welt auch außerhalb unseres Dorfes nur aus Bergen?"

„Natürlich nicht! Es gibt noch das Meer und große Städte."

„Also hinter den Bergen! Ach, wenn ich doch nur hinter die Berge gehen könnte. Immer wieder quält mich die Frage, wie viel Welt es da hinter den Bergen noch gibt. Ich kann mir nicht vorstellen, welche Größe die Welt hat."

Eines Morgens war Michailos plötzlich so krank, dass er nicht mehr aufstehen konnte. Das kam für alle ganz überraschend, denn Michailos war noch nie krank gewesen. Erifili war zwar ein wenig beunruhigt über seine unerwartete Unpässlichkeit, doch insgeheim war sie ganz dankbar, denn auf diese Weise konnte sie seinen tagtäglichen sexuellen Angriffen entgehen. Sie fragte sich oft, wann, um Gottes Willen, dieser Drang bei den Männern endlich nachlässt. Michailos war mittlerweile immerhin schon 65. Nun entstanden durch seine Krankheit aber andere Probleme. Er musste, wenn schon nicht in der Schusterei, so doch auf dem Feld ersetzt werden, denn die Saat war auszubringen. Michailos bestimmte, dass seine Töchter Ergini und Ekaterini gemeinsam die Arbeiter beaufsichtigen.

Erato beschäftigte sich derweil mit einer der Katzen, die ein halbes Dutzend Junge bekommen hatte. Tag für Tag spielte sie mit ihnen, bis die Kätzchen das Laufen lernten und eines Nachmittags im Garten verschwanden. Erato suchte sie gerade bei den Sträuchern, als sie ein leises Miauen hörte, das aus dem Keller zu kommen schien. Da sah sie, dass Penelope, das Ungeheuer, unter einem Busch saß und mit der winzigen Hand in den Keller deutete. Trotz ihrer Angst stieg sie zaghaft die fünfzig steinernen Stufen hinunter und rief zärtlich nach den Kätzchen. Da es zu dämmern begonnen hatte, konnte sie nichts erkennen und lief schnell wieder hinauf.

„Wo willst du mit der Laterne hin?“, rief die Mutter.

„Ich bring sie sofort zurück. Ich habe meine Kätzchen verloren …“

Dann ging sie ohne Angst wieder in den Keller und setzte ihre Suche fort. Sie kam an den Kesseln und Fässern vorbei, griff in die Weinpresse und berührte die Spitze eines Schuhs. Langsam schlich sie um die Presse herum und suchte nach einem Eingang. Sie war sich sicher, dass sich jemand darin versteckt hielt. Um besser sehen zu können, hielt sie die Laterne hoch. Und da sah sie ihn! In Uniform und glänzenden

Stiefeln lag ein Mann lang ausgestreckt auf der Presse und schaute sie ängstlich an. Sie wollte schreien, aber etwas hielt sie davon ab. Sollte dies etwa Penelopes Geheimnis sein? Wenn dem so war, so musste sie alles dafür tun, es zu bewahren! Sie richtete den Schein der Laterne wieder auf den Eingang und sah dort das Ungeheuer auf der zweiten Stufe stehen. Es hielt den Finger vor den Mund und bedeutete ihr, zu schweigen. Erato lächelte Penelope verschwörerisch zu. Sie war froh, dass sie sofort erkannt hatte, dass es sich bei dem Fremden nur um Penelopes Schützling handeln konnte. Lautlos wie es gekommen war, verschwand das Ungeheuer wieder. Erato war ganz außer Atem, als sie zur Presse zurückging und fragte: „Wer sind Sie? Was tun Sie hier? Wissen Sie eigentlich, was meiner Schwester passiert, wenn die Erwachsenen Sie hier finden?"

„Nein, ich Italiener ... Deutsche schlecht, schießen auf Italiener bum bum ...", stammelte der Unbekannte und setzte sich mutig auf, als er bemerkte, dass Erato nur ein kleines Mädchen war. In furchtbarem Kauderwelsch erklärte er ihr, dass er sich zwei Tage im Garten hinter dem Brunnen verborgen und das kleinwüchsige Mädchen ihn dort entdeckt hatte. Es hatte ihn in die Presse gebracht, und dort hielt er sich seitdem versteckt. Während er sprach, hatte sich sein Gesicht entspannt. Er war zwar abgemagert, sein Mund wirkte wie aus Stein gemeißelt, und sein unrasierter Bart ließ ihn düster aussehen, aber seine Augen blitzten vor Bewunderung, als er erkannte, wie schön Erato war.

„Verrat mich bitte nicht", bat er sie. Erato schüttelte den Kopf. Er erklärte ihr, dass er nun schon seit fünf Tagen in der Weinpresse saß und sich von dem ernährte, was ihm das liebe Mädchen bringen konnte. Stolz zeigte er Erato seine Vorräte, die aus ein paar Oliven, etwas Zwieback und einem Apfel bestanden – alles sorgfältig in ein Küchenhandtuch gewickelt. Sie lächelte ihn an und stellte sich vor, wie die oben wohl reagieren würden, wenn sie den Italiener hier mit Mutters Küchenhandtuch sähen.

„Erato ...“, hörte man die Mutter aus dem Garten rufen.

„Ich komme, Mama, ich kann meine Kätzchen nirgends finden.“ Sie rannte die Treppe hoch und stolperte wie eine Schlafwandlerin über ihre eigenen Füße. Alles erschien ihr wie ein Traum, und alle Märchen, die die Mutter ihr erzählt hatte, all die Prinzen, die unerwartet aus dem Wald geritten kamen, wurden auf einmal lebendig. Im Dachzimmer angekommen, lief sie auf das Ungeheuer zu, das sich ängstlich in eine Ecke verkrochen hatte und streichelte ihm das Haar. „Ich danke dir, Penelope, danke kleine Schwester!“, flüsterte sie, ohne zu wissen, was sie sprach. Penelope konnte die Berührung kaum fassen. Sie verhielt sich ganz still und weinte stumm vor sich hin. Noch niemals zuvor in ihrem Leben war sie von jemandem gestreichelt worden.

Erato nahm sie in die Arme und küsste sie. „Wirst du mich jetzt verraten?“, fragte Penelope. Erato zog sie zärtlich an sich: „Dich verraten? Jetzt, wo wir beide ein gemeinsames Geheimnis haben?“

„Wir beide“, wiederholte das Ungeheuer und ließ sich den Satz auf der Zunge zergehen. Zum ersten Mal verbündete sie sich mit einer ihrer Schwestern. „Du bist schön“, sagte sie zu Erato und berührte vorsichtig deren üppiges Haar.

In der Nacht, als im Haus nur noch die tiefen Atemzüge der Schlafenden zu hören waren und der laute Husten vom Vater sich beruhigt hatte, schlüpfte Erato leise aus dem Bett, das sie mit ihrer Schwester Ekaterini teilte. Barfuß lief sie die Treppe hinunter und schlich auf den Hof. Ein laues Lüftchen wehte in der sternklaren Nacht, und Erato tauchte ein in das Dunkel des Kellers. Vorsichtig tastete sie sich bis zur Presse, sprang hinein und ließ sich von den Armen des Italieners auffangen. Erato verkroch sich in diese Umarmung und verlor sich, vor Aufregung zitternd, ganz in dem einzigartigen Gefühl der Hingabe.

„Bella mia, Bella mia“, murmelte er und küsste sie zärtlich. „Ich möchte dich aber sehen. Ich habe Angst, dass du es gar nicht bist“, flüsterte Erato ihm ins Ohr und strich ihm immer wieder sanft über das Gesicht. Der Italiener zog eine kleine Lampe hervor, leuchtete in ihr Gesicht und hielt sie dann lächelnd vor sein eigenes, so dass seine Zähne strahlten wie auf einer Schnur aufgereihte Perlen. „Bella, Bella …“, er streichelte ihr Haar und murmelte immer wieder „Bella, Bella…“. „Was bedeutet Bella?“ „Du, so heißt du!“ „Ich heiße nicht Bella, ich heiße Erato.“ „Nein, für mich heißt du Bella!“ Und dann küsste er sie.

Auf einmal verdunkelte sich die Kellerluke, durch die man sonst ein wenig Himmel blitzen sehen konnte, und die winzig kleinen Umrisse Penelopes wurden erkennbar. „Ich muss jetzt gehen!“ Erato schlang ihre Arme um seinen Hals und sprang behände aus der Presse. „Bis morgen!“

Am nächsten Morgen fiel Erato Erifili überschwänglich um den Hals und erklärte ihr, als sei das die wichtigste Neuigkeit der Welt: „Ich liebe dich, Mama, ich liebe dich!“ Wie immer war Erifili hingerissen von dem frischen jungen Gesicht und den strahlenden Augen ihrer Tochter. Jeden Morgen aufs Neue fühlte sie sich, als sähe sie dieses Kind zum ersten Mal. „Du, mein Kind, wirst Glück im Leben haben, du wirst noch viel lieben.“ „Ach, bitte, Mama, sag mir doch, wie das ist mit der Liebe. Einen Mann zu lieben – ist das so, wie dich zu lieben?“ „Aber natürlich, mein Kind!“ „Und ganz gleich, wen ich liebe, ich werde es spüren, wenn es Liebe ist?“ „Aber selbstverständlich wirst du das. Und wenn du erwachsen bist, wirst du denjenigen, den du liebst, heiraten.“ „Bin ich denn noch nicht erwachsen, Mama?“ „Noch nicht erwachsen genug. Du bist ja noch nicht einmal mit der Schule fertig. Und wenn du Lehrerin werden willst, dann musst du noch eine Weile weiter lernen. Ja, und wenn du das alles hinter dich gebracht hast, dann bist du erwachsen.“ „Aber die Liebe, Mamilein, ist doch kein Plan oder die Schule! Sie ist doch nicht wie etwas, das man erlernen kann! Ich will damit sagen: wartet die Liebe erst auf unsere Erlaubnis, oder kommt sie, wenn sie es will?" Erifili fing an zu lachen. „Also, ich geb's auf. Ja, du hast natürlich Recht. Die Liebe kommt, wenn sie es will." „Aber wann und woher kommt die Liebe, Mama? Wann werde ich mich verlieben?" „Wann?" „Ja, wann, Mama? Wenn ich das will?" Erato zog ihre Mutter am Arm. In ihren Augen blitzte die Lebenslust. „Nun, sag schon!" „Ich denke schon, dass sie dann kommt, wenn du es willst."

Dieses Kind war wirklich einmalig! Es berührte Erifili nicht nur wegen seiner Schönheit. Es war, als habe Gott es auserwählt! Lieber Gott, bitte lass mich ein langes Leben haben, damit ich mich an seinem Liebreiz satt fühlen kann! Keines von Erifilis Kindern war wie Erato. All ihre Kinder, Jungen und Mädchen, waren wie Sünder aufgewachsen. Diese unmenschliche Provinz, die verkrüppelte und unterwürfige Menschen schuf, hatte sie gebrandmarkt. Nur Erato hatte sich ihre Sorglosigkeit und Unbeschwertheit bewahrt. Sie sah die Hässlichkeit um sich herum gar nicht – vielleicht achtete sie auch gar nicht darauf. Es war, als schaffe sie sich ihre eigene Welt – strahlend und rein. Selbst die Quälereien und die Strenge des Vaters prallten an ihr ab. Er konnte ihr keine Angst einjagen, und so musste sie sich auch nicht vor ihm verstecken oder sich verstellen.

Eines Abends wachte Ekaterini auf, weil es so kalt im Zimmer war. Sie stand auf, holte eine Wolldecke aus der Truhe und breitete sie sorgfältig über die Decken aus, auf denen sie mit Erato schlief, damit auch ihre Schwester zugedeckt war. Doch Erato lag gar nicht neben ihr. Ekaterini war zu müde, um sich darüber Gedanken zu machen, sie drehte sich um und schlief in dem Glauben ein, ihre Schwester sei zur Toilette gegangen.

Als Ekaterini wieder eingeschlafen war, fing der Vater an zu husten und zu keuchen. Erifili zündete die Laterne an und ging in die Küche, um ihm Kamillentee zu machen. Natürlich wusste sie, dass der Husten davon nicht aufhören würde, aber zumindest würde der heiße Tee sie beide ein wenig beruhigen und trösten, auch wenn er so gefühlskalt war, dass er Zärtlichkeit noch nicht einmal dann roch oder spürte, wenn sie ihn berührte. Als sie aus der Küche kam, sah sie plötzlich, wie die Haustür geöffnet wurde und Erato herein schlüpfte. Sie trug ein halblanges, helles Nachthemd, das ihr am Körper klebte und so spannte, als wollten die Nähte platzen. „Woher kommst du denn um diese Zeit, meine Schneeflocke?“ „Ich war Wasser lassen, Mutter.“ „Dann aber schnell wieder nach oben, du zitterst ja.“

Wie plötzlich ihr kleines Mädchen doch groß geworden war, dachte Erifili, und vor Schreck fiel ihr fast die Tasse aus der Hand. Mit weit aufgerissenen Augen blieb sie stehen … „Was ist denn jetzt mit dem Tee?“, rief Michailos. Den Blick starr auf den heiligen Eleftherios gerichtet, dessen Ikone über ihrem Bett hing, drückte Erifili ihrem Mann die Tasse in die Hand. „Groß und dick“, flüsterte sie vor sich hin und begriff selbst nicht recht, was sie da sagte. „Richtig Busen hat sie bekommen, wo ihre Brüste doch immer so klein waren.“ Sie riss Michailos die Tasse aus der Hand, drehte die Laterne wieder herunter und schlich sich zur Tür hinaus. „Das Kind, das Kind“, murmelte sie und erschauderte. Ihre Augen blickten noch immer so starr in die Dunkelheit, als gäbe es dort etwas Entsetzliches zu entdecken. Sie wirkte um Jahre gealtert, als sie sich nach einer Ewigkeit entschlossen vom Sofa erhob. Sie stieg ins Dachzimmer hinauf, kniete sich vorsichtig vor die Decken und schob ihre Hand unter die Zudecke. Erato schlief auf dem Rücken. Die Mutter ließ ihre Hand die Schenkel hinauf wandern, bis sie über der Scham die kleine, gleichmäßige Wölbung des Bauches fand. In ihren Ohren begann es zu rauschen. Schwanger …! Ihre kleine Erato …! Erato, ihr kleines Mädchen, schwanger!

Die Menschen im Dorf pflegten ihre Häuser weder am Tag noch in der Nacht abzuschließen. So hielten sie es auch jetzt – während der Besatzung. Das Haus des Nächsten wurde geehrt. Undenkbar, dass jemand es wagen könnte, die Ehre eines anderen Familienoberhauptes zu verletzen, denn zwangsläufig setzte er damit nicht nur seine Ehre aufs Spiel, sondern auch sein Leben. Und wenn die Männer von Ehre sprachen, so meinten sie damit selbstverständlich die Frauen. Und auch die achteten ihre Schenkel und hielten sie um jeden Preis zusammen. Das hieß natürlich nicht, dass es in Dörfern wie diesem nur Engel gab. Die unverriegelten Türen spornten dennoch dazu an, sich am Heiligtum des brutalen Patriarchen zu vergreifen. Nicht, dass die Männer diese Regeln aufgestellt hätten, weil sie die Frauen so sehr respektierten. Ganz im Gegenteil! Die Frauen waren lediglich das Eigentum ihrer Männer, und kein anderer hatte das Recht, dieses Eigentum zu missbrauchen. Dies galt selbstverständlich nicht nur für die Ehefrauen, sondern auch für die Töchter. Sogar die Söhne zitterten vor der Anwesenheit des Herrn im Hause, der aus den selben Eigentumsansprüchen heraus von ihnen verlangte, dass „aus ihnen etwas wird“. Sie sollten nicht glücklich, sondern bedeutsam werden – immer gemessen an der Stellung und Unbildung ihrer Väter. Verabschiedete man einen Sohn – und das geschah oft im Dorf, da es hier keinerlei Entwicklungsmöglichkeiten gab –, wenn sie also einen Sohn verabschiedeten, so taten sie das mit den Worten: „Mach's gut, und möge aus dir etwas werden.“ Nicht rechtschaffen, gut oder glücklich sollte er werden, nein, es sollte etwas werden aus ihm!

Michailos hatte jedoch noch nicht einmal diesen schizophrenen Ehrgeiz. Seine Kinder durften weder besser noch höher gestellter werden als er es war. Deshalb mussten seine Söhne auch – kaum dass sie die Grundschule hinter sich gebracht hatten – in seiner Schusterei das Handwerk des Vaters erlernen, zumindest so lange, bis sie erwachsen waren. Das führte dazu, dass die Söhne nicht nur den Pflichtdienst absolvierten, sondern sich, nachdem sie den Oberschulabschluss an der Abendschule gemacht hatten, gleich beim Militär verpflichteten. Antonios schaffte es, an der Kadettenschule angenommen zu werden, und Eleftherios wurde Dorfpolizist. Jahre später schaffte er es mit viel Schweiß und Blut, nach Paris zu gehen und dort Kriminologie zu studieren, um anschließend die höchsten Stufen der Karriereleiter zu erklimmen.

In Paris half ihm sein ältester Bruder Konstantinos und nahm ihn bei sich auf. Konstantinos hatte sich freiwillig ins Exil begeben, er pfiff auf die Arroganz im Dorf und den familiären Wahnsinn. Konstantinos wurde steinalt und steinreich.

Über diesen Abtrünnigen wurde im Haus der Ftenoudos nie gesprochen. Und irgendwann hatten ihn alle vergessen. Fast alle, denn eine habgierige Größenwahnsinnige hielt hinter dem Rücken der anderen Familienmitglieder eine innige Verbindung zu dem einsamen Greis aufrecht. Mit dem Ergebnis, dass sie diejenige war, die ihn beerbte. Diese Frau hieß Amalia, und sie wird erst auf den nächsten Seiten geboren werden.

Erifili ging nicht wieder ins eheliche Bett zurück. Sie ließ die Laterne brennen, da es draußen noch immer dunkel war, und ging wieder in die Stube. Dort sah sie sich verwirrt um, so als sähe sie den hoch angebrachten Spiegel, der von unzähligen Fotografien umrahmt war, zum ersten Mal. An der gegenüberliegenden Wand hing das große Familienfoto, auf dem sie die neun Monate alte Erato im Arm hielt. Erato! Hilflos griff Erifili nach ihrem Zopf und band ihn zu einem dicken Knoten. Wer hatte das Kind nur verführt? Und wann würde aus diesem ungeheuren Unheil eine lodernde Flamme werden? Oder Michailos Messer an der zarten Kehle ihrer Tochter blitzen? Würde er nicht auch sie, die Mutter, zur

Rechenschaft ziehen? Wen konnte sie ihm zum Fraß vorwerfen? Hilfe, Hilfe! Von Aspasia war natürlich keine Hilfe zu erwarten, die liebte das Kind nicht! Allein, ganz allein war ihr Engel, mit dem Kopf in der Schlinge! Wie Iphigenie[3] würde sie von Michailos geopfert werden. Und wenn sie sich irrte? Aber wie sollte sie? Acht Kinder hatte sie geboren! Acht Mal war in ihrem Leib Leben herangewachsen und hatte ungeduldig – auf der Suche nach Liebe – darauf gedrängt, das Licht der Welt zu erblicken.

Im Haus regte sich langsam wieder Leben. Als erste kam Erato herunter. Wie immer trug sie ihren blauen weiten Kittel und das weiße Jäckchen. Die Sachen hatte ihr die Mutter genäht. Sie hatte ein strahlendes, unschuldiges Gesicht und Augen, die nicht die geringste Furcht zeigten. Die blonden Haare fielen ihr unordentlich auf die Schultern herab und sahen aus, als warteten sie nur darauf, von Erifilis geschickten Händen zum Zopf geflochten zu werden.

„Guten Morgen, Mama."

„Guten Morgen, mein Kind." Erifilis Stimme klang bedrückt, und sie spürte, dass sich eine wahre Flut von Tränen in ihrer angstgeschwellten Brust angesammelt hatte. All diese Tränen waren nun kurz davor, sich von den Fliesen in den Hof und von dort aus über die gesamte Erde zu ergießen.

Morgens leerte sich das Haus immer blitzartig. Zwei Mädchen gingen aufs Feld, und Aspasia begab sich an ihren Webstuhl, wo sie wie immer an ihrem Meisterwerk arbeitete: ihrer Mitgift. Erifili schickte auch Erato mit ihren Schwestern aufs Feld und blieb wieder allein zurück. Schon seit langem dachte sie nicht mehr daran, dass es ja auch noch Penelope im Haus gab. Es war Zufall, dass Erifili sie oben auf der Treppe sah. Sie sah, wie Penelope sie mit ihren schwarzen Augen anbetungsvoll anschaute, und auf einmal ging ihr ein Gedanke durch den Kopf. Die beiden Kleinen, Erato und Penelope, verbrachten mehr Zeit denn je miteinander.

„Komm doch mal herunter, Penelope, ich möchte dich etwas fragen!"

Penelope war so verblüfft über diese Einladung, dass sie unbeholfen die Treppe hinunterstieg und es dabei vermied, der Mutter in die Augen zu sehen.

„Komm, mein Liebes, setz dich neben mich." Erifili nahm das Ungeheuer bei den Schultern, und es wurde kreidebleich und fing an zu zittern. In seinem ganzen einundzwanzigjährigen Leben war es noch niemals von jemandem in die Arme genommen worden.

„Penelope, meine Gute, liebst du mich?"

Und noch nie hatte es jemand um Liebe gebeten.

„Sehr, ja sehr", versicherte es mit seiner dunklen Stimme.

„Liebe Penelope, magst du mir sagen, wohin unsere Erato des nachts geht, wenn sie das Haus verlässt?"

Penelope zog ihre buschigen Brauen noch dichter zusammen, aber sie gab keinen Laut von sich. Erifili gab aber nicht nach und drückte sie eng an sich. „Komm schon, Penelope, Kind, hab keine Angst. Du weißt es doch, oder etwa nicht? Ich verrate es auch niemandem", versicherte sie und küsste sie auf die Wange. Penelope begann zu weinen. So viel Liebe hatte das Mädchen noch nie gefühlt, aber es konnte Erato, die einzig Liebenswerte in diesem Haus, nicht verraten.

„Nicht doch, mein Goldstück, warum weinst du denn? Sei leise, damit uns der Vater nicht hört. Du musst es mir sagen, sonst erfährt es noch jemand anders und erzählt es dem Vater. Und dann wird es unserem Kind schlecht ergehen. Komm, du liebst sie doch genauso sehr wie ich. Sag mir, wohin unsere Erato des nachts geht, wenn sie das Haus verlässt."

„Sie verlässt das Haus nicht, sie geht in den Keller."

„In unseren Keller?"

„Ja."

„Und was macht sie dort?"

„Sie spielt."

„Was spielt sie, Penelope?"

„Mann und Frau."

„Mit wem spielt sie Mann und Frau?“

„Mit dem Soldaten.“

„Und woher weißt du, dass er Soldat ist?“

„Weil er genauso angezogen ist wie unser Antonios.“

„Und woher kommt der Soldat, um sie zu treffen?“

„Er kommt nicht.“

„Was heißt das, er kommt nicht?“

„Er ist dort, dort drin.“

„In unserem Keller? Hast du ihn dort versteckt?“

„Ja, in unserer Presse.“

„Und wie heißt er?“

„Italiener.“

Erifili dankte Gott dafür, dass sie schon saß. Sie fühlte, wie ihr das Blut aus den Adern wich und ihr Körper sich zum Boden neigte, aber sie brach nicht zusammen, auch wenn sie sich in diesem Moment nichts sehnlicher wünschte. Sie brach nicht zusammen, um die Kleine nicht zu erschrecken, die sich überhaupt nicht bewusst war, dass sie das nicht hätte tun dürfen.

„Dann sag mir doch bitte, mein Mädchen, wissen das nur Erato und du, oder habt ihr das noch irgend jemand anderem erzählt?“

„Neeiin!“

„Bravo! Und wenn dich eine deiner Schwestern fragen sollte, dann weißt du von nichts, ja, mein Kind?“

„Ja, ich weiß von nichts.“

Erifili drückte Penelope fest an sich und überschüttete sie mit Küssen.

Das Ungeheuer schluchzte lautlos vor sich hin. Erifili tätschelte es wie ein kleines Kind und flüsterte: „Oh, mein Gott, wie konnte ich grausames Weib dich nur derart verwaisen lassen.“

Sie öffnete leise die Tür zur Dachkammer, die keinen direkten Zugang vom Haupthaus besaß, und in die man nur über eine steinerne Außentreppe gelangte. Hier war Aspasias Königreich, hierher hatte sie den Webstuhl der Großmutter gebracht. Zum einen, weil es hier auch in der Dämmerung noch ausreichend Licht gab und zum anderen, damit niemand ihre komplizierten Webereien sah und sie womöglich kopierte!

Ihre älteste Tochter hielt sich kerzengerade, während sie rhythmisch die Pedale trat. Erifili achtete auf jede Einzelheit im Zimmer, so als wäre sie zum ersten Mal hier. Sie betrachtete den rotgrünen Überwurf und das Licht, das aus dem kleinen Fenster auf der linken Seite der Kammer auf Aspasias Gesicht fiel und die harten Züge um ihren Mund genauso scharf nachzeichnete wie die zwei tiefen Falten, von denen er umrahmt war.

„Wie geht es Vater heute?", fragte Aspasia sie, ohne dabei aus dem Takt zu geraten.

„Ich weiß nicht, er wird wohl schlafen. Hör bitte mal auf, ich muss mit dir sprechen."

Aspasia drehte sich um und sah die Mutter an. Der gepresste Ton in der Stimme überraschte sie. Erifilis Gesicht war bleich, und sogar ihre Lippen waren völlig farblos.

„Was ist passiert, Mutter?"

„Passiert? Was passiert ist? Was ist das Schlimmste, das du dir vorstellen kannst?"

„Ist Vater etwa gestorben?"

Erifili lächelte nur müde über diese Antwort. „Natürlich nicht. Und ich weiß auch nicht, ob man seinen Tod jetzt noch als ein Unglück bezeichnen könnte."

„Was reden Sie da, Mutter?" Immer, wenn Aspasia das Niveau eines Gespräches anheben wollte, siezte sie ihr Gegenüber.

„Du hast schon ganz richtig gehört! Ich meine, dass in unserem Haus, unter unserem Dach ein fremder Mann lebt."

„Mutter? Ein fremder Mann lebt hier? Und wann soll er hergekommen sein?“

„Im September, als die Deutschen kamen und die Italiener abholten.“

„Was hat das damit zu tun?“

„Damals hat sich ein Italiener in unseren Garten geschlichen und sich im Keller versteckt.“

„Und woher wissen Sie das? Ist er noch immer im Keller?“

„Ja, ja, er versteckt sich seit vier Monaten hier im Keller.“

„Haben Sie ihn gesehen?“

„Nein. Und das ist auch gut so, denn wenn ich ihn zu Gesicht bekäme, würde ich ihn bestimmt umbringen. Nicht, dass ich nicht schon daran gedacht hätte … Aber wahrscheinlich fiele das dann auf das Kind zurück …“

Es entstand eine lange Pause. Keine von beiden wagte es, die Bedeutung dieser Worte aufzudecken. Erifili war es schließlich, die als erste das Wort ergriff: „Erato ist schwanger!“

Aspasia griff sich ans Gesicht und begann, an ihren Wangen zu ziehen, als wolle sie sie zerreißen. „Unsere Ehre, Mutter, die Ehre unserer Familie ist zerstört!“

„Welche Ehre? Die Ehre dient doch nur dazu, das Opfer zu töten und für den Mörder mildernde Umstände geltend machen zu können. Vergiss die Ehre! Das Problem ist doch, das unser Kind geschwängert wurde und das noch nicht einmal weiß.“

„Und jetzt versuchst du, diese Hure auch noch zu entschuldigen?“, Aspasia spuckte die Worte förmlich aus. „Das stelle man sich nur mal vor! Fünfzehn Jahre alt und wirft sich einem dreckigen Italiener an den Hals!“

„Warte erst mal ab, bis du hörst, wer sie ihm an den Hals geworfen hat.“

Zornentbrannt wartete Aspasia auf die Antwort.

„Penelope!“

„Das Ungeheuer? Dass ich nicht lache!“

„Ja, Aspasia, es war Penelope. Sie sagt, sie habe sie zu ihm gebracht, damit sie miteinander spielen könnten."

„Alle drei etwa?"

„Diese Zurückgebliebene hat ein Feuer entfacht, in dessen Flammen wir alle umkommen werden."

„Ob nun Penelope oder sonst wer, das ist mir völlig gleich. Erato war es, und sie wird dafür bezahlen. So etwas lässt sich nicht verheimlichen", schrie Aspasia.

„Was meinst du damit, dafür wird sie zahlen?"

„Glaubst du, sie wird das überleben, wenn Vater davon erfährt?"

„Seine Rache wird fürchterlicher sein als die Agamemnons[4] … wenn er es erfährt."

„Heißt so der Italiener? Und du übernimmst die Verantwortung, wenn wir es Vater nicht sagen?"

„Aber ganz gewiss werde ich ihm das nicht sagen. Bist du verrückt geworden? Kannst du dir vorstellen, was diese Bestie mit ihr anstellen wird, wenn er davon erfährt? Acht Kinder habe ich ihm geboren, und er hat sich noch nicht einmal nach ihnen umgesehen. Er weiß nicht einmal, wie ihr ausseht. Nur Angst einjagen kann er euch, mit seinem Messer und mit seiner Axt. Du hast zu Recht Angst vor ihm, aber nicht ich. Ich nicht mehr! Nur meine Kinder sind mir noch geblieben. Und aus meinen Söhnen hat er Eunuchen gemacht, die habe ich nicht retten können … Und dich, dich auch nicht …"

„Ach, lass mich aus dem Spiel! Sag lieber, was du jetzt tun wirst, Mutter."

„Frag mich nicht, was ich tun werde. Ich kann dir nur sagen, was ich nicht tun werde. Ich werde mein kleines Mädchen gewiss nicht ans Messer liefern, damit dieser dreckige Alte seine Ehre unter Beweis stellen kann. Der brächte es sicher fertig, sie umzubringen, nur damit er sich hinterher daran ergötzen kann, wie ganz Kreta voller Bewunderung davon spricht, was für ein Kerl er doch ist. Aber die Zeiten haben sich geändert … Ich habe keine Tochter zu opfern …"

„Und wie sollen wir ihm das verheimlichen, Mutter? Was meinst du? Wirst du es abtreiben?“

„Bist du völlig übergeschnappt, meine Tochter? Ich werde es nicht abtreiben, ich werde es gebären!“

„Mama!“

„Ich bin achtundvierzig Jahre alt, und ich habe immer noch meine Regel. Beruhige dich, Tochter, Geburtsurkunden gibt es genug. Der einzige Schaden, der entstehen wird, ist, dass Erato niemals heiraten wird. Meine kleine Hyazinthe, schön wie die Zitronenblüte! So sehr habe ich sie bewundert! Und nun wird diese Überheblichkeit bestraft.“

In der Dämmerung kehrten auch die anderen beiden Töchter, Ergini und Ekaterini, vom Feld zurück, und was Erifili ihnen anzukündigen hatte, hatte so viel Ähnlichkeit mit einem Generalstabsplan, dass jeglicher Widerspruch ausgeschlossen war. Den beiden Schwestern verschlug es angesichts der Gelassenheit der Mutter die Sprache.

„Du, Ergini, gehst jetzt in den Keller hinunter und holst ihn. Erkläre ihm, dass du ihn in die Berge bringen wirst, um ihn dort unseren Widerstandskämpfern zu übergeben. Geht sofort los, es ist schon dunkel!“

„Wie ist er, haben Sie ihn gesehen?“

„Das ist nicht notwendig. Es reicht, wenn du ihn siehst. Er scheint allerdings ein guter Mensch zu sein, denn Penelope urteilt ja immer nach dem Instinkt, und sie liebt ihn sehr. Bei dieser Gelegenheit möchte ich noch etwas sehr Ernstes mit euch besprechen. Keiner von uns wird Penelope jemals wieder Ungeheuer rufen. Nie wieder! Habe ich mich klar und deutlich ausgedrückt? Wer das vergessen sollte, dem werde ich eigenhändig das Fell über die Ohren ziehen. Und außerdem solltet ihr von nun an wann immer es möglich ist durchblicken lassen, dass ich wieder schwanger bin.“

„Sie, Mutter?“

„Ja, ich! Oder meinst du, das kann ich nicht mehr? Und sprecht nicht mit dem Kind, mit Erato, über die Sache. Ihr werdet ihr auch nicht zu verstehen geben, dass die Beziehung, zu der sie sich hat verleiten lassen, eine Sünde war. Es reicht, wenn wir das wissen. Ich möchte nicht, dass das Kind an Schuldgefühlen erstickt …"

„Mutter", unterbrach Ekaterini sie, „denken Sie gar nicht daran, dass einer unserer Brüder zurückkehren könnte? Ich verstehe, dass Sie sie vor Vater verstecken wollen …"

„Noch nicht einmal das muss klappen!", unterbrach Aspasia sie. „Wenn er sich nun erholt und wieder aufsteht? Und ich bin sicher, dass er wieder aufsteht! Es kann gar nicht sein, dass …"

„Das, meine Tochter, überlass nur mir. Unsere Erato ist dünn wie eine Bohnenstange. Außerdem hat man beim ersten Kind meist keinen dicken Bauch!"

„Und unsere Brüder?", fragte Ekaterini hartnäckig.

„Ausgeschlossen, dass die kommen. Euer Vater hat Hosenscheißer aus denen gemacht. Solange wie es hier brennt, kommen die bestimmt nicht nach Kreta. Ich werde ihnen zur Sicherheit aber auch noch einmal schreiben, wie gefährlich es hier ist; ich muss nur erst jemanden finden, dem ich den Brief mitgeben kann. Komm jetzt, Ergini, lauf los!"

Erifili stand hinter der Spitzengardine und wartete, bis die beiden dunklen Gestalten den Garten durchquerten. Dann erst rief sie Erato herunter, die man in ihr Zimmer geschickt hatte.

„Setz dich, meine Schneeflocke, ich möchte, dass wir beide etwas miteinander besprechen."

Erato setzte sich neben die Mutter. Erifili legte ihre Hand auf den Bauch des Mädchens und fragte: „Weißt du eigentlich, dass du schwanger bist, mein Kind?"

„Nein, wie wird man denn schwanger?"

„Als du mit diesem Jungen, dem Italiener gespielt hast, da habt ihr doch Mann und Frau gespielt, oder?"

„Ach, Mama, hast du davon erfahren? Ich hatte es dir eigentlich schon die ganze Zeit erzählen wollen!"

„Und warum hast du das nicht getan?"

„Weil wir Angst hatten, du würdest mit Penelope schimpfen. Sie hat ihn doch gefunden und im Keller versteckt."

„Ihr habt also gespielt!"

„Wir haben nicht gespielt, Mama. Wir haben uns geliebt!"

„Ja, aber ihr habt auch Mann und Frau gespielt."

„Das machen also Mann und Frau? Aber heißt das, du und Vater …? Aber Vater ist doch kein bisschen lieb, und er sagt auch keine Liebesworte, oder tut er das?"

„Nein, nein, natürlich nicht. Nichtsdestotrotz wird dein Bauch jetzt langsam dicker werden, weil das Kind da drin wächst."

„Das ist es also? Ich bekomme ein Kind?"

„Ja, Erato, aber das darf niemand erfahren. Nicht einmal mit deinen Schwestern darfst du darüber sprechen."

„Aber, wenn es doch ein kleines Kind ist, dann weint es bestimmt auch."

„Darum kümmern wir uns, wenn es auf der Welt ist. Bis dahin haben wir noch viel Zeit. Du hast deine Regel nicht mehr, oder?"

„Nein, schon lange nicht."

„Und warum hast du mir das nicht erzählt, meine Tochter?"

„Weil ich froh darüber war! Ich finde dieses ganze Blut widerlich."

„Sei's drum. Abgemacht? Du wirst darüber nicht mit deinen Schwestern sprechen."

„Aber warum? Ich liebe sie doch!"

„Ja, aber es gehört sich nicht, dass du einen Freund gefunden hast und deine älteren Schwestern nicht. Zuerst müssen deine Schwestern heiraten. Hast du jetzt verstanden? Kein Wort zu niemandem."

„Aber Penelope ist meine Freundin, Mama."

„Na ja, mit Penelope wirst du in der nächsten Zeit sowieso viel zusammen sein, denn bis diese Sache beendet ist, wirst du das Haus nicht mehr verlassen!"

„Darf ich noch nicht mal im Dunkeln in den Garten gehen?"

„Nein, du darfst auch nicht in den Garten gehen!"

Erato fing bitterlich an zu weinen und warf sich der Mutter in die Arme: „Aber ich liebe ihn doch, Mama!"

„Das verstehe ich, mein Kind, und trotzdem: du wirst ihn nicht wiedersehen. Heute mittag, als du mit deinen Schwestern auf dem Feld warst, sind zwei Partisanen gekommen und haben ihn mit in die Berge genommen. Sie haben ihm damit das Leben gerettet, denn die Deutschen durchsuchen alle Häuser, und wenn sie ihn hier gefunden hätten, hätten sie ihn gewiss getötet."

Eratos Tränen wollten überhaupt nicht mehr versiegen. Je mehr ihre Mutter versuchte sie zu besänftigen, um so lauter wurde ihr Schluchzen.

„Aber ich liebe ihn, Mama! Du hast ja keine Vorstellung davon, wie wunderbar es ist, zu lieben. Schon immer wollte ich jemanden lieben, aber ihr seid alle so ernst, dass ich nur Angst vor euch hatte! Vor Tonino hatte ich keine Angst. Wir haben zusammen gelacht, und ich durfte ihn lieben. Und weißt du, wie er mich nannte?"

„Erato, es reicht jetzt! Geh nach oben und leg dich hin! Ich werde dir deine Milch bringen."

Am nächsten Morgen nahm Erifili ein altes Handtuch, faltete es zusammen und steckte es sich in die Unterhose. So wirkte sie angezogen voller, als sie war. Als sie den Tee ins Schlafzimmer brachte, streckte sie herausfordernd ihren Bauch heraus und sagte: „Wie auch immer du das hingekriegt hast, aber das Wunder ist dir gelungen! Du solltest dich schämen, eine alte Frau wie mich derart lächerlich zu machen …"

„Warum sollte ich dich lächerlich machen?", beschwerte sich Michailos.

„Weil du mich geschwängert hast! Aber das ist auch nicht weiter verwunderlich, denn du alter Kerl schämst dich ja gar nicht. Ich wüsste nur zu gern, wann ihr Männer diese verfluchte Sache endlich lasst."

„Stolz solltest du sein!"

„Machst du Witze?"

„Bist du dir denn sicher?"

„Frag mich lieber, ob ich heute nacht geschlafen habe! Als ich merkte, dass sie nicht kommen, dachte ich: Gott sei Dank, endlich! Ich werde langsam alt, also ist es an der Zeit, dass sie ganz ausbleiben … Und als ich dann heute nacht das Kind spürte, wäre ich am liebsten vor Scham im Boden versunken."

„Wieso denn das? Du hast es ja schließlich mit deinem Mann gemacht."

„Geht's dir noch gut? Ich habe Töchter im heiratsfähigen Alter, da bekommt nicht die Mutter die Kinder!"

„Ich kann mir sowieso nicht vorstellen, dass deine hochnäsige Tochter überhaupt jemals einen abbekommen wird! Sag dir einfach, du ziehst ein Enkelkind groß."

„Ja, von einem alten Gaul!"

„Aber bekommen wird es eine junge Stute!"

Das Leben verlief wieder in seinen gewohnten Bahnen. Am nächsten Nachmittag kehrte Ergini aus den Bergen zurück. Nur mit Mühe konnte sie ihre Begeisterung verbergen: „Sie hatten Recht, Mutter. Der Italiener ist ein sehr höflicher junger Mann. Er hat mir versichert, dass er – sobald der Krieg vorbei ist – zurückkommen wird, um Erato zu heiraten."

„Sag ihr bloß nichts davon!"

„Er bat mich, es Ihnen und ihr zu sagen."

„Kein Wort! Das Kind wird sich mit Warten nur ganz verrückt machen. Außerdem kann es ja auch sein, dass er in den Bergen umkommt. Besser, sie stellt sich sofort darauf ein, dass sie ihn nie wiedersehen wird. Es wäre wirklich zu hoffen, dass eines Tages der Moment kommt, wo ich ihm eigenhändig die Tür öffnen kann. Stell dir nur vor, Ergini, unser Mädchen wäre rehabilitiert."

„Und noch etwas, Mutter. Er hat mir sein goldenes Kreuz für Erato gegeben."

„Du sagst nichts, Ergini! Gib es mir!" Erifili nahm das Kreuz, legte es sich um den Hals und steckte es in den Ausschnitt.

„Sie ist noch immer ein Kind. Sie wird vergessen. Das Problem liegt ganz woanders, meine Tochter. Wie sollen wir ihr klar machen, dass sie nichts mit dem Kind zu tun haben wird?"

„Soll sie es etwa nicht stillen?"

„Das wird hoffentlich nicht notwendig sein, aber wenn es soweit ist, wird die Ziege leider trächtig sein!"

„Irgendetwas wird Ihnen schon einfallen, Mutter."

Aber das Einzige, was Erifili zunächst einfiel, war, das Handtuch in ihrem Schlüpfer anders zu falten, damit der Bauch dicker erschien. Ab dem siebten Monat legte Erato dann so gewaltig an Bauchumfang zu, dass Erifili sich ein kleines Kissen machen musste. Das Kissen war – so wie all ihre Kissen – mit Lumpen gefüllt und hart wie Stein.

Obwohl Erato in ihrem Zimmer eingesperrt war und noch immer sehr litt, blühte sie zusehends auf. Aspasia sah das strahlende Gesicht ihrer Schwester, das die goldblonden Haare umrahmten und fragte die Mutter, ob es nicht besser sei, sie Erato abzuschneiden.

Erifili wurde wütend. „Bist du jetzt vollends übergeschnappt? Ist das Kind etwa ein Sträfling?", rief sie und bekreuzigte sich. Je schneller die Zeit verrann, um so nervöser wurde sie. Wirklich wichtig war für sie nur, Eratos Ruf zu schützen, und sie hoffte, dieses Problem noch vor der Geburt zu lösen. Aber wie konnten Mutter und Kind gemeinsam unter einem Dach leben, ohne sich aneinander zu binden?

Eines Morgens fragte Erato, die wie gewöhnlich vor allen anderen heruntergekommen war, die Mutter: „Warum schaust du mich nicht mehr an, Mutter? Es gab eine Zeit, da haben wir einander angesehen, und du hast mich mit guten Wünschen und Träumen für die Zukunft nur so überschüttet. Jetzt sehe ich nur noch Trauer und Bedauern in deinen Augen. Warum, Mama? Ich habe mittlerweile begriffen, dass das, was geschehen ist, nicht hätte geschehen dürfen."

„Du hast nichts Schlechtes getan", widersprach ihr Erifili. „Ich bin schuld an allem, was dir widerfahren ist. Ich bin alt geworden, ohne es zu merken, und genauso veraltet ist auch meine verfluchte Erziehung gewesen. Ich hätte über so viele Dinge mit dir sprechen müssen, und ich habe es nicht getan."

„Mama, ich bitte dich, Penelope und ich wissen jetzt, dass ein unverheiratetes Mädchen so etwas nicht tut. Ich ganz allein bin schuld, denn, nun ja, denn selbst wenn ich das alles vorher gewusst hätte, so hätte ich Tonino doch geliebt."

„Erato, wir sind nicht allein auf der Welt. Wir leben hier in einem Dorf, und jeder weiß, was der andere macht. Hier bleibt kein Verbrechen unentdeckt …"

„Und wie sollen wir glücklich sein, Mama, wenn wir alle der Meinung sind, Liebe sei ein Verbrechen?"

„Man darf nur den Mann lieben, den man heiratet, Erato."

„Warum? Liebst du Vater, weil du mit ihm verheiratet bist?"

„Es geht hier nicht um mich."

„Eine solche Ehe wie du werde ich niemals führen."

„Ach, mein, Kind, hab Erbarmen mit mir! Weißt du, was du bist? Ein Engel, den es versehentlich in dieses elende Dorf verschlagen hat. Ich weiß das, aber die anderen wissen es nicht. Wie soll ich ertragen, dass dein Schicksal besiegelt ist – es ist besiegelt, hast du verstanden, Erato?"

Weinend fielen sie sich in die Arme: „Du, meine Einzige, oh mein Gott …" „Mutter …" „Wie sehr habe ich dich gekränkt …" „Meine Kleine…" „Du bist meine Kleine, ich, Mutter, bin durch dieses Kind in meinem Bauch alt geworden, meine gute, meine wundervolle Mutter."

Als der Frühling kam, rang Michailos mit dem Tode, aber noch immer ließ er es nicht zu, dass man einen Arzt holt. Eines Morgens, als Erifili seine Decken richtete, nahm er ihre Hand und fragte: „Frau, wie wirst du das Kind nennen?" „Weißt du, Michailos, wenn es ein Junge wird, soll er auf deinen Namen getauft werden!" „Ruf nicht meine Söhne … dazu ist keine Zeit … warum sollten sie sich auf einen Fischkutter wagen … ich verlasse dich heute … Frau …" Erneut wurde er von diesem starken Husten geschüttelt. Erifili schaffte es nicht mehr, ihm die Schüssel zu bringen, und so ergoss er sein letztes Blut über die blitzsauberen Laken.

Erifili säuberte ihm den Bart, bedeckte die blutverschmierten Laken mit einem großen Handtuch, öffnete die Tür und rief: „Mädchen, kommt schnell, euer Vater ist gerade gestorben." Sie sah auf und bemerkte, dass oben am Treppenabsatz die beiden Kleinen standen. „Du bleibst oben, Erato!", rief sie streng.

Ganz in Schwarz, mit einem Schleier vor dem Gesicht und hochschwanger betrat Erifili zusammen mit ihren drei ältesten Töchtern die Kirche. Andächtig bekreuzigte sie sich und dankte Gott insgeheim: Guter Gott, ich danke dir, dass du deine Hand schützend über mich gehalten hast! Michailos Tod hatte sie davor bewahrt, weitere Vorwände erfinden zu müssen, und die Ehre der Familie war gerettet, denn das ganze Dorf bedauerte die arme Frau, die so kurz vor der Niederkunft ihren Beschützer verloren hatte. Sie war seelenruhig.

Ftenoudos Tod brachte ungeahntes Leben in die Familie. Keine schaffte es, nach der Beerdigung noch weiter zu heucheln. Es wurden keine Tränen mehr vergossen. Am nächsten Tag erklärte Ekaterini, dass sie beabsichtige wegzuziehen und die Lehrerstelle anzunehmen, die ihr zugewiesen worden war, denn diese Position war noch nicht mit jemand anderem besetzt. Erato konnte sich jetzt, zumindest solange wie kein Besuch erwartet wurde, auch in den unteren Räumen aufhalten. Und die Mutter flocht ihre blonden Haare wieder zu Zöpfen und strich ihr den Kopf. Erato war von Erifili darauf vorbereitet worden, dass sie sofort rufen müsse, wenn sie spüre, dass die Fruchtblase platzt. Aber Erato schlief jetzt sowieso neben der Mutter im großen Bett …

Als die Wehen begannen, lief alles so ab, wie Erifili das mit ihren Töchtern verabredet hatte. Erst legten sie, wie sie es gewohnt waren, einen Stapel Zeitungen auf die weißen Laken, um den größten Teil des Blutes aufzufangen. Dann wurden drei Kissen aufgerichtet, gegen die Erato sich lehnen musste, und anschließend musste sie sich unter die Knie fassen und die Füße fest gegen die Matratze stemmen. „Komm, mein Mädchen, nimm meine Hände und beiß zu, zerquetsch sie oder was auch immer, aber gib keinen Laut von dir, mein Herz. Die Nachbarn dürfen uns nicht hören."

Als das Kind das Licht der Welt erblickt hatte, reichte Ergini Erifili eine glühende Schere, die damit die Nabelschnur durchtrennte. Dann wickelte sie den Säugling in ein Tuch und legte ihn sich genau in dem Moment auf die Beine, als die Nachgeburt herauskam und das Kind zu schreien anfing. Schnell hob sie den Rock und holte das Kissen aus dem Schlüpfer. Nun konnte sie die Wöchnerin leicht aus dem Bett heben und in die Dachkammer tragen.

„Aspasia, hol das heiße Wasser und mach sie vorsichtig sauber."

Erifili selbst legte sich ins Bett und bestrich ihre Schenkel großzügig mit der Nachgeburt, während Ergini loslief, um die Hebamme zu rufen. Die Hebamme eilte ungestüm in das ihr so gut bekannte Zimmer und fand Erifili mit dem

Säugling, der in das Tuch gewickelt zwischen ihren vollen Brüsten lag.

„Du kommst spät, Aglaia, und diese Kleine hier wollte nicht mehr warten. Jetzt kannst du sie nur noch waschen. Schade, dass ich Michailos nun doch keinen Sohn geschenkt habe, der seinen Namen weiter trägt."

„Und wo sind deine Töchter?"

„Aspasia ist bei Erato in der Dachkammer. Erato hat Halsschmerzen und Fieber. Und Ekaterini ist in der Schule."

„Meine Güte, schau dir das an, das ist kein Mensch, sondern mir scheint, du hast einen wahren Engel geboren." Die Hebamme brachte das gewaschene Kind, und Erifili musste lächeln: „Du hast Recht, es ist sogar noch schöner als meine Erato. Kannst du dich noch erinnern, wie sie aussah, als sie zur Welt kam? Damals hast du mir dasselbe gesagt und mich damit unglaublich erschreckt."

Sie nahm die goldene Kette mit Toninos Kreuz ab und legte sie dem Säugling um. Aspasia kam fröhlich ins Zimmer und nahm die blutbesudelten Zeitungen vom Bett. „Was ist mit dir, Mutter?"

„Ich werde mich wie immer allein waschen. Sieh dir nur an, was ich dir für eine Schwester geboren habe. Du musst sie nun großziehen, Aspasia. Ich bin alt geworden." „Natürlich mache ich das, Erato habe ich doch schließlich auch großgezogen."

„Damals war ich noch jung."

„Wem sagst du das? Wenn unser Vater – Gott hab ihn selig – nicht gestorben wäre, müsstest du wahrscheinlich noch zehn Kinder bekommen."

Am Nachmittag zog Erifili Erato ein ganz enges Korsett an, das den Busen stark anhob.

„Warum muss ich so etwas tragen?"

„Weil du noch sehr jung bist, meine Tochter, und das Stillen dir den Busen verderben würde."

„Soll ich mein Kind etwa nicht stillen?"

„Daran ist überhaupt nicht zu denken. Du hast kein Kind! Ich war es, die das Kind geboren hat, das weiß schließlich das ganze Dorf. Du hast kein Kind! Du bist ja noch ein kleines Mädchen!"

„Aber ich habe es doch hier in unserem Haus geboren. Ich kann nicht ..."

„Du hast kein Kind geboren, Erato. Deine Mutter hat es geboren. Und ich möchte nicht, dass du dich auch nur im Geringsten mit ihm beschäftigst. Aspasia wird das Kind großziehen."

Erato verbarg ihr Gesicht im Kissen, damit niemand ihr herzzerreißendes Schluchzen hören konnte. Irgendwann stand sie mit vom Weinen geschwollenen Gesicht auf und fragte leise: „Und was soll es essen?"

„Eselsmilch."

Sie riss die Augen weit auf: „Eselsmilch, Mama? Und ich? Lasst ihr mir nun niemanden mehr, den ich lieben kann?"

Ekaterini war die Gebildete in der Familie, und so ging sie zur Gemeindeverwaltung, um die Geburt der Tochter von „Michailos und Erifili Ftenoudos – nicht getauft" zu melden.

Aspasia widmete sich dem Säugling hingebungsvoll, wobei sie sich bewusst so verhielt, wie Erato das getan hätte. Denn auch wenn Erato zwanzig Jahre jünger war als Aspasia, konnte für dieses Ungeheuer, das es gewagt hatte, die Erfüllung mit einem Mann zu genießen, keine Strafe zu hoch sein. Diese unverschämte Kleine hatte in den Armen eines jungen Mannes etwas gelebt, woran Aspasia selbst in ihren kühnsten Träumen nicht zu denken gewagt hätte (wobei sie genau das für ihre Tugend hielt), das machte sie so wütend, dass ihr die Galle überkochte. Sie ärgerte sich sowohl über die Dreistigkeit als auch darüber, dass dieses Verlangen gestillt worden war. Sie ernannte das Neugeborene zur Schönheitskönigin und hob damit Erato, die ihn als Schönste in der Familie innegehabt hatte, nicht nur vom Thron, sondern machte auch mehr als deutlich, wie wertvoll der Schatz war, den Erato verloren und wie hoch der Preis, den sie für ihre Schamlosigkeit zu zahlen hatte.

Sie drängte Erifili dazu, dem Kind einen königlichen Namen zu geben, denn – so behauptete sie – die Kleine werde nicht nur die Königin dieses Hauses sein, sondern der gesamten Gegend. Und so wurde das Kind, als das Trauerjahr vorbei war, auf den Namen Amalia[5] getauft. Sie beschlossen, die Taufe genauso auszurichten, wie bei jedem anderen Kind, und auch Gäste einzuladen. Zu jener Zeit war es üblich, dass bei Taufen, Hochzeiten und Beerdigungen bis weit in die Nacht hinein im Haus gefeiert wurde und die Gäste auch dort übernachteten, da viele aus entfernteren Dörfern anreisten. So brachte man das Ungeheuer mit zwei Zwiebäcken und einem Töpfchen Oliven in den Keller, wo man es bis zum übernächsten Tag vergaß – ein einundzwanzig Jahre altes Mädchen, auch wenn es alterslos zu sein schien, so wie alle Menschen, die nicht geliebt werden. Und wer nicht geliebt wird, wird auch von niemandem vermisst. Es war auch nicht einmal die eigene Mutter, die es schließlich suchte, sondern Ergini, der Feldwebel. Sie brauchte jemanden, der ihr half, den Kessel sauber zu machen, in dem man das Schweinefleisch mit den hausgemachten Nudeln gekocht hatte.

Das Problem war allerdings Erato! Wäre es nach Aspasia gegangen, so hätte auch die jüngste Tochter nicht an der Feier teilgenommen, aber davon wollte Erifili nichts hören. „Ihre Abwesenheit wird viel zu sehr auffallen! Du weißt doch, wie misstrauisch die Leute im Dorf sind. Wenn sie dabei ist, wird sicher niemand auf sie achten“, versicherte sie. Doch da irrte sie sich! Zwei Jahre lang war Erato wie verschollen gewesen, und so waren alle ganz verblüfft, als sie sahen, welch strahlende Schönheit aus ihr geworden war. Die Gäste waren sich sicher, dass die Familie Ftenoudos sich vom nächsten Tag an vor Ehevermittlern nicht mehr würde retten können. An jenem Abend streckte die acht Monate alte Amalia Erifili zum ersten Mal die Ärmchen entgegen und stammelte: „Ma … ma."

Zur Taufe war auch ein wohlhabender Kaufmann namens Evangelos Spyridos eingeladen. Er war Witwer und hatte einen zwölfjährigen Sohn. Seine Frau, die bei der Geburt des Kindes gestorben war, war Erifilis Cousine gewesen. Aglaia, die Hebamme, hatte die Idee gehabt, ihn einzuladen, denn sie fand, er sei der ideale Ehemann für Aspasia.

Doch Aspasia wehrte sofort ab: „Ein Kaufmann ist mir viel zu gewöhnlich!"

„Und wer wäre passend für dich, meine Tochter?"

„Jemand, der ein Amt bekleidet, so wie das meine Brüder tun."

„Und wo sollen wir den deiner Meinung nach hernehmen, mein Kind? Hier kommen schon selten genug Fremde vorbei, geschweige denn Offiziere."

Aspasia zuckte nur gleichgültig mit den Schultern: „Ich ziehe es vor, lieber gar nicht zu heiraten, bevor ich jemanden heirate, der nicht standesgemäß ist."

Erifili wollte sie nicht kränken und so sagte sie lieber nicht, dass Aspasia ja schon eine alte Jungfer war, und dass sich nicht alle Tage Heiratsmöglichkeiten boten.

Drei Tage später schickte Herr Spyridos die Hebamme zu den Ftenoudos. Sie hielt in seinem Namen offiziell um Aspasias Hand an. Er hoffe, so ließ er ausrichten, das schöne Fräulein werde zustimmen.

Vergeblich bemühte sich die Mutter, Aspasia mit Hilfe der Hebamme umzustimmen. So beschlossen sie, zunächst gar keine Antwort zu geben. Aber der Bräutigam hatte es eilig. Auf den Dörfern – sogar in größeren Ortschaften wie Neochori – sind Frauen ein großes Problem. Es gibt keine Bordelle, wo sie sich erleichtern können, und so wird das Unverheiratetsein für die Männer zur Qual. Deshalb möchten sie gern so schnell wie möglich heiraten. Herr Spyridos versicherte Aglaia jedoch, dass er warten werde, bis Aspasia sich entschieden habe.

Erato war eine erstaunliche junge Frau. Sie beklagte sich nicht, und sie vergoss auch keine Tränen darüber, dass man sie völlig isolierte. Sie durfte zwar nicht ausgehen, aber durch diesen vagen Zustand kaum zu ertragender Einsamkeit, in dem sie sich befand, reifte sie frühzeitig. Die anderen umgaben sie mit quälender Gleichgültigkeit und Schweigen, doch sie trug dafür Sorge, dass die Flamme der Liebe zu dem Italiener nicht erlosch. Sie schürte diese Flamme für einen Mann, der weit weg war und dessen Gestalt mit der Zeit so undeutlich wurde wie ein Bild, das mit den Jahren verblasst. In ihren Augen war etwas zu lesen, dass erahnen ließ, wie sehr sie der Welt, in der sie lebte, entrückt war. Als sie zwanzig Jahre alt war, war sie atemberaubend schön, aber kein Mensch bekam sie je zu sehen! Dahingegen sah Amalias Leben ganz anders aus. Sie wurde von der Familie mit Bewunderung nur so überschüttet. Sie hatte honigfarbene Augen und Haar im selben Farbton. Dieses Haar wurde mit den Jahren so üppig, dass es ganz schwer wirkte.

Der Krieg war vorbei, doch für die Familie Ftenoudos, die nur aus Frauen bestand, schien das keinerlei Bedeutung zu haben. Nur die Kommunikation wurde leichter, was allerdings zu einer Katastrophe führte, denn zu ihrem großen Entsetzen erfuhren sie, dass die beiden Brüder zwischenzeitlich in Athen geheiratet hatten. Damals herrschte noch das ungeschriebene Gesetz, dass kein männliches Familienmitglied heiraten durfte, bevor nicht alle weiblichen Familienmitglieder unter die Haube gebracht waren. Vor allem Aspasia war empört darüber, dass die beiden Brüder dieses Gesetz gebrochen hatten. Keiner der beiden wurde je Vater, denn auch sie hatten enthaltsam gelebt. Trotzdem wagten sie es nicht, der modernen Frau, die der Besatzung, dem Widerstand und der verhängnisvollen Lockerung der Sitten entsprungen war, gegenüber zu treten, geschweige denn sich ihr zu nähern. Da sie unerfahren waren und wenig Geld besaßen, womit sie ihr Leben lang zu kämpfen hatten, heirateten sie lieber die wohlhabenden Bräute, mit denen man sie verkuppelt hatte. Zwar waren sie nicht mehr die Jüngsten, aber sie hatten einen Vorzug aus der Vorkriegszeit: sie waren garantiert noch Jungfrau!

Herr Spyridos überschüttete Aspasia zwar noch immer mit Nachrichten voll verliebter Ungeduld, doch im Haus wurde das Wort „Hochzeit" nicht mehr in den Mund genommen!

Ekaterini, die jetzt fünfundzwanzig Jahre alt war, arbeitete als Lehrerin in einer anderen Provinz. Sie war keine Schönheit, aber sie hatte eine angeborene Höflichkeit und das Lächeln ihrer Mutter. Dieses Lächeln strahlte Güte und Zuversicht aus und schien alles zu verstehen und alles zu verzeihen, sogar das Schicksal der Familie. Keine Frau in ihrer Provinz hätte es gewagt, ihr Leben selbst in die Hand zu nehmen. Alles und alle hingen vom Vater ab. Und fehlte der Vater, von den Brüdern. Und da bei ihnen die Brüder weit weg waren, übernahm automatisch Aspasia die Rolle des Familienoberhauptes.

Eines Sonntagmorgens wartete Ekaterini, bis Aspasia mit Amalia in die Kirche gegangen war und sprach allein mit Erifili: „Mutter, es gibt da einen jungen Kollegen, bei dem es ganz gut aussieht, ich will damit sagen, er zeigt großes Interesse an mir, und ich möchte, dass du das weißt, Mutter."

„Was nützt das, wenn ich das weiß, meine Tochter? Du kennst die Regeln der Familie, oder nicht? Solange die Älteste unverheiratet ist, können wir hier über keine andere Heirat sprechen."

„Und warum nimmt sie Spyridos nicht? Der will sie doch!"

„Sie findet ihn nicht standesgemäß."

„Meine Güte, Mutter! Wie kannst du den Quatsch, den sie redet, nur wiederholen? Wer sind wir denn, Mutter? Ich nehme mir am Wochenende gekochte dicke Bohnen oder Kichererbsenpüree mit und esse dann davon die ganze Woche. Mein ganzes Gehalt gebe ich euch, damit ihr überhaupt leben könnt! Bei uns kann von standesgemäß doch wohl keine Rede sein! Was meint sie denn, wen sie noch abbekommt? Diese hochnäsige Ziege, die doch tatsächlich geglaubt hat, sie sei eine venezianische Adlige!"

Am Montagmorgen packte Ekaterini schon in aller Herrgottsfrühe ihre Tasche, um rechtzeitig am Bus zu sein. Erifili begleitete sie hinaus in den Garten. „Ich kann dir meine offizielle Zustimmung zu einer Heirat nicht geben, meine Tochter, aber welchen Entschluss du auch immer fasst, ich werde ihn gutheißen", sagte sie und küsste sie auf die Stirn. „Geh mit meinem Segen!" Am Ende des Schuljahres erhielt die Familie folgenden Brief:

Verehrte Mutter,

ich werde bei Ferienbeginn nicht nach Hause zurückkehren. Ich habe hier einen Kollegen kennen gelernt. Wir haben uns ineinander verliebt und gestern, am 21. Juni, geheiratet. Wir küssen Ihnen beide die Hand,
Ihre Tochter
Ekaterini Konstantinou Daskalaki

Aspasia bekam einen hysterischen Anfall, als sie den Brief las. Der Speichel lief ihr aus den Mundwinkeln, während sie fluchte, wie man es niemals zuvor im Haus der Ftenoudos gehört hatte. Erifili hörte ihr zu und hielt sich die Hände vor das Gesicht.

„Und du? Hast du gar nichts dazu zu sagen? Du bist doch sonst so erfinderisch! Mit der kleinen Hure hast du doch auch das Schlimmste bewältigt. Hat es dir jetzt etwa die Sprache verschlagen?"

„Was soll ich sagen, meine Tochter? Du weißt doch selbst, dass man gegen vollendete Tatsachen machtlos ist“, wies Erifili sie zurecht.

„Wir werden die Ehe annullieren!“

„Ekaterini ist erwachsen.“

„Oh nein, das werde ich diesmal nicht so durchgehen lassen! Hier kann nicht jeder hinter meinem Rücken machen was er will. Ich bring sie um!“, schrie sie und riss Michailos Jagdgewehr von der Wand. Sie baute sich vor der Mutter auf und stützte sich dabei auf das Gewehr: „Wir rufen den Familienrat zusammen. Ich gehe jetzt sofort zur Post und schicke den beiden Taugenichtsen Antonios und Eleftherios ein Telegramm. Sie sollen herkommen! Wir werden sie enterben!“

„Und was willst du ihnen in dem Telegramm schreiben? Hast du mal darüber nachgedacht? Innerhalb von einer halben Stunde weiß doch das ganze Dorf Bescheid, und alle werden sich über uns lustig machen.“

„Du wagst es zu sprechen? Du? Wo du dich deinem Lieblingskind zuliebe sogar hast schwängern lassen?“

„Aspasia! Die Wände haben Ohren, und Amalia kann dich hören.“

„Na, und! Wird hier neuerdings alles verschleiert, was die Huren dieser Familie so anstellen? Ich werde unseren Brüdern telegrafieren, dass die zweite Hure der großen Familie Ftenoudos, unsere liebe Ekaterini, uns unserer Ehre beraubt hat! Dann sind sie dazu verpflichtet, unseren Ruf wiederherzustellen! Die können sich nicht immer heraushalten! Einer von beiden muss sie umbringen ...“

„Wie willst du derartige Worte in ein Telegramm bringen und es dann auch noch unterschreiben? Du, eine Ftenoudos!“

„Also gut, du hast Recht. Dann liegst du also dem Tode geweiht darnieder. Nur so werde ich sie hierher locken können – wenn ich ihnen sage, dass du im Sterben liegst. Lass sie nur kommen, die beiden starken Kerle! Ich will sehen, wieviel Rückgrat sie haben!“

Natürlich nahmen beide Söhne das nächste Flugzeug und eilten herbei, als sie davon erfuhren, dass ihre Mutter im Sterben liegt.

Als die Brüder im Dorf ankamen, war Erifili tot. Kurz nach Aspasias Szene hatte sie einen Schlaganfall erlitten, dem sie in den frühen Morgenstunden erlegen war. Erato hielt sie weinend in den Armen und bettelte immer wieder: „Mama, komm, komm wach auf, lass mich nicht allein, liebe Mama, wen soll ich denn jetzt lieben …“ Die beiden Brüder sahen betreten den Nachbarn zu, die ein und ausgingen und von denen keiner sie beachtete. Es tat ihnen leid, dass sie keine Uniform trugen und nicht bemerkt wurden. Endlich kam Aspasia zu ihnen: „Die Hure hat sie umgebracht! Sie hat sie umgebracht! Wie sollte unsere arme Mutter das aushalten, dass sie ihre Verabredungen in den Feldern trifft … ganz nackt hat man sie gefunden.“ In dem Moment erschien auch Ergini ganz zerknirscht.

„Schon lange?“, fragte Eleftherios.

„Ach, wo, gestern nachmittag hat sie noch Brot gebacken.“

In diesem Moment traf auch Ekaterini zusammen mit einem blonden jungen Mann ein. Außer sich keifte Aspasia sie an: „Was hast du denn hier zu suchen? Wer bist du? Mit welchem Recht wagst du es, einen Fuß über die Schwelle des Hauses der Ftenoudos zu setzen?“ Antonios versuchte sie zurückzuhalten, indem er sie an der Hand festhielt. Mit der freien Hand zeigte sie auf Ekaterini: „Da ist sie, die Schuldige! Diese Hure hat unsere Mutter umgebracht, Antonios!“ Die beiden Männer standen nebeneinander und verfolgten ruhig und gelassen die Szenen, die sich hier abspielten. Angesichts ihrer Gleichgültigkeit wurde Aspasia nur noch aufgebrachter, schubste Ekaterini und schrie sie an: „Hau sofort ab! Nimm den Nichtsnutz, den du geheiratet hast und verschwinde! Raus hier!" Ekaterini wich zur Haustür zurück. Den Blick hatte sie fest auf die Brüder gerichtet, die alles verlegen verfolgten.

„Sie hat sie umgebracht!", kreischte Aspasia hinter dem Paar her, das sich entfernte. „Unserer Mutter ging es bestens. Bis wir die Nachricht erhielten, dass diese Schlampe heimlich geheiratet hat. Und am Abend hat das Schicksal dann zugeschlagen."

Die Leute vom Dorf, die durch das abendliche Telegramm ohnehin in Aufruhr versetzt waren, begannen, sich so wie es Brauch war zusammenzufinden. Aspasia vergoss keine Träne, während sie die Leute empfing, und man sah ihr immer noch an, wie wütend sie war. Auf einmal fiel ihr Blick auf Erato, die sich weinend über Erifili geworfen hatte, und sie rannte zu ihr: „Du kleine Hure gehörst hier überhaupt nicht hin, geh sofort in die Dachkammer zu dem Ungeheuer." Niemand hatte je so zu ihr gesprochen, als die Mutter noch lebte. Und seit Amalias Geburt waren auch schon acht Jahre vergangen. Sie lief weinend nach oben und warf sich auf die Decken. „Was habe ich getan? Was habe ich getan?", schluchzte sie.

„Jetzt", murmelte Penelope mit ihrer dunklen Stimme, „jetzt kommen die wirklich schwierigen Zeiten, Erato. Nur Mut!"

Die beiden Männer verfolgten stumm alles, was sich abspielte. Aspasia hatte ihnen genau so viel Angst eingejagt wie früher der Vater. Sie hatten das Gefühl, sie müssten ersticken, und ohne sich abgesprochen zu haben, konnten sie es beide kaum abwarten, die Beerdigung hinter sich zu bringen und das nächste Flugzeug zu nehmen, um endlich so weit wie irgend möglich von dieser Hysterie wegzukommen. Doch Aspasia hielt sie entschlossen zurück: „Ihr habt nirgendwo hinzugehen! Heute abend wird der Familienrat tagen, und ihr als die Familienoberhäupter werdet einige Entscheidungen zu treffen haben."

Sie verbargen ihre Panik und übernahmen ohne zu murren die Rolle, zu der sie Aspasia gedrängt hatte.

Aspasia befahl Ergini, bis zur Schlafenszeit auf Amalia aufzupassen. „Unsere Mutter, Gott hab sie selig, war leider unüberlegt und ohne Rückgrat", begann Aspasia. Dann erzählte sie den Brüdern mit überflüssiger Grausamkeit von den sexuellen Eskapaden Eratos und was Erifili getan hatte, um sie zu schützen. „Und jetzt", schloss sie, „nur weil sie nicht zugelassen hat, dass wir Erato erledigen und ihren Bastard verhungern lassen, ist auch unsere andere Schwester unverschämt geworden und hat dieses lächerliche Subjekt, das ihr gerade gesehen habt, geheiratet. Einen Dorflehrer, der sich einbildete, zusammen mit seiner Hure könne er das Haus der Ftenoudos betreten."

„Das ist aber doch jetzt alles abgeschlossen, Schwester", wagte Antonios zu sagen.

„Und es gehört irgendwie der Vergangenheit an", ergänzte Eleftherios.

„Falsch", schrie Aspasia außer sich. „Ihr habt eure Entscheidungen zu treffen, um den Namen der Familie reinzuwaschen. Und das heißt für mich, das jemand sterben muss!"

Die beiden Brüder, die schon seit vielen Jahren in Athen lebten, hatten sich durch die Anonymität in der Hauptstadt in nichts aufgelöst. So hatten sie nun zwar Angst, aber dieser Vorgeschmack der Macht – nicht von Abhängigen ausgeübt, sondern von Herren – verbreitete in ihnen eine wunderbare Wärme. Sie hatten es ihrem Vater, der von ihnen verlangt hatte, bedeutsam zu werden, mit den Ämtern, die sie ausübten, gedankt. Als arme Provinzler war es leicht für sie, sich in das übersichtlich strukturierte Leben beim Militär einzufügen, und wenn sie sich in der Armee selbst aufgeben mussten, so war das nur die natürliche Fortsetzung der totalen Unterwürfigkeit, die sie dem ungehobelten Michailos gegenüber an den Tag gelegt hatten. Nun selbstbewusst, spürten sie, wie wohltuend es war, den vormals uneinnehmbaren Platz der Familie zugesprochen zu bekommen, wohltuend wie der Mutter Umarmung.

„Großer Bruder, ich warte auf deine Entscheidung!"

Antonios hüstelte. Vergeblich suchten seine Finger nach dem harten Kragen seiner Uniform, die ihm Sicherheit gegeben hätte. Dann sagte er: „Ich glaube, du hast Mutter zu Recht für ihre unannehmbare Nachsicht gegenüber Erato getadelt."

„Ja", unterbrach ihn Eleftherios, „aber wenn Aspasias harte Maßnahmen angewandt worden wären, säßen wir jetzt nicht mehr hier, um über die Ehre der Familie zu reden, mit Mutter im Gefängnis, denn es hätte sich ja jemand zu dem Mord bekennen müssen."

„Richtig, richtig", pflichtete Antonios ihm eilig bei. „Und was die abtrünnige Ekaterini anbelangt, die die Rangfolge nicht respektiert und sich darüber hinweggesetzt hat, dass du Vorrang gehabt hättest, so meine ich, dass du am besten beurteilen kannst, welche Strafe sie bekommen soll, Aspasia. Und das Banner unserer Familienehre wirst du immer mustergültig hoch halten!"

„Was schlägst du also vor, Schwester?", fragte sie Eleftherios.

„Ich schlage vor, sie aus der großen Familie der Ftenoudos zu verbannen, durch eine offizielle Erklärung in der lokalen Presse."

„Verehrte Schwester", unterbrach Antonios sie, „durch diese unselige Hochzeit hat sie doch freiwillig dem großen Namen der Familie entsagt."

„Dann lasst uns also schwören", schlug Aspasia vor, „dass sie auf immer und ewig aus dem Schoß der Familie verbannt sein wird!"

Sie stand auf und streckte ihre Hand vor. Die beiden Männer taten es ihr gleich.

„Wir schwören!"

„Wir schwören!"

„Wir schwören!"

„Und", ergänzte Aspasia, „wir werden nie wieder ein Wort mit ihr wechseln und sie bis ans Ende ihrer Tage hassen."

„Bis ans Ende ihrer …“, wiederholten die beiden Brüder und setzten sich.

„Wir sind noch nicht am Ende“, sagte Aspasia. „Ihr müsst mir noch sagen, was ihr gegen Erato vorzuschlagen habt, für all das, was sie sich herausgenommen hat.“

„Das gehört doch der Vergangenheit an, meine Teure. Wie lange ist das überhaupt schon her?“

„Acht Jahre, nein, acht ist Amalia jetzt, neun Jahre.“

„So lange schon!“

„Verehrte Brüder, wisst ihr, wie alt Erato jetzt ist? Sie ist vierundzwanzig“, betonte Aspasia eindringlich, dann sah sie ihre Brüder drohend an und fragte: „Und wer sagt uns, dass dieses von Natur aus verdorbene Weibsbild derlei Missetaten nicht wiederholt? Übernehmt ihr die Verantwortung für alles was passiert? Auch wenn ihr natürlich nicht mit unseren Problemen leben müsst …“

„Aber was sagst du da, Schwester? Du vergisst, dass wir durch den Krieg bald fünf Jahre davon abgehalten wurden, nach Hause zu kommen und danach …“

„Und danach?“, fragte Aspasia.

„Familie, Verpflichtungen, meine Frau war krank“, rechtfertigte sich Eleftherios.

„Ach, lassen wir das doch jetzt auf sich beruhen!“, unterbrach Antonios.

„Warum sollen wir das auf sich beruhen lassen?“, rief Aspasia. „Wir haben doch hier den Bastard einer entarteten Schwester am Hals! Für uns ist das ein gesellschaftliches Desaster, die Kosten, und was bringt die Zukunft?“

„Das meinte ich gar nicht, liebe Aspasia, und jetzt sind wir ja auch bereit, die gesamte Verantwortung zu übernehmen. Jetzt, wo wir alles wissen.“

„Und nun fragen wir dich, welche vorsorgliche Maßnahme du vorschlägst?“

„Ich habe lange darüber nachgedacht und ich würde die Zerstörung der Versuchung vorschlagen …“

„Das heißt?“

Aspasia zögerte ein wenig, bevor sie sagte: „Wenn wir ihr nun Vitriol[6] ins Gesicht schütteten, damit es nicht mehr eine derart aufreizende Gefahr darstellt?“

Die beiden Männer sahen einander erschrocken an. „Schwester Aspasia, dann werden wir aber ein strafrechtliches Problem bekommen, und vergessen Sie nicht, dass die verstoßene Ekaterini nur darauf lauert …“, warf Eleftherios, der Spezialist für Kriminologie, ein.

„Sie lauert“, wiederholte Antonios. „Und sie wird Sie mit Vergnügen wegen unzähliger Sachen anzeigen, so dass Sie keinesfalls einer Strafe entgehen werden …“

„Ja, ja“, bestärkte ihn Eleftherios eilig. „Und was wollen Sie vor Gericht vorbringen? Wie wollen Sie Ihre Tat rechtfertigen? Wollen Sie die Vergangenheit aufrollen und damit nicht die Lebenden, sondern unsere tote Mutter vor dem Staat als Lügnerin hinstellen, denn sie war es ja, die falsche Tatsachen geschaffen hat?“

„Wie, falsche Tatsachen?“

„Ist denn in der Gemeindeverwaltung etwa nicht gemeldet worden, unsere Mutter habe Amalia geboren?“

„Warum verbieten Sie der in der Tat jungen Erato nicht einfach das Leben an sich?“, fragte Eleftherios.

„Wie soll das denn gehen?“

„Ganz einfach. Indem sie sich nie wieder im Freien aufhalten darf. Noch nicht einmal, um auf dem Feld zu arbeiten. Sie fesseln sie ans Haus.“

„Aber sie war doch im Haus, als sie sich ihren Bastard einfangen hat.“

Betretenes Schweigen machte sich auf dem abgenutzten Sofa breit. Das Haus wirkte unbewohnt.

Die beiden Mädchen, Penelope und Erato, saßen im Halbdunkeln eng beieinander. Die Öllampe war gerade erloschen. Sie zitterten vor den Auswirkungen dieser familiären Zusammenkunft.

„Meinst du, die lassen mich jetzt raus aufs Feld?“, fragte Erato.

„Jetzt, wo unsere Mutter tot ist", flüsterte Penelope, „wird die Große dich so tief begraben, wie es nur irgend geht, das steht fest. Die ist tödlich eifersüchtig auf dich Arme."

„Warum? Ist Amalia etwa nicht schön? Und Amalia betet sie doch an."

„Red keinen Blödsinn! Unsere gute Aspasia hat noch nicht einmal die Mutter geliebt, die sie geboren hat. Das haben wir ja nun alle mitbekommen. Sie tut so, als liebte sie Amalia, weil sie Spaß daran hat, sie dir wegzunehmen. Unsere Mutter, Erato, war weise. Um dich vor den Klauen ihrer Eifersucht zu bewahren, hat sie ihr Arbeit gegeben. Sie hat ihr Amalia zugeschoben, und deshalb hat sie dir auch jegliche Beziehung zu deinem Kind untersagt."

„Und wen soll ich jetzt lieben, Penelope-Mama?", fragte Erato sie daraufhin.

„Mich, meine Schneeflocke, mich, meine Gute."

Erato zögerte ein wenig, aber dann sagte sie: „Mama, ich habe dich immer schon verehrt, aber ich habe mich auch in Tonino verliebt. Ich glaube, Mama, dass man einen Jungen anders liebt, es ist eine andere Liebe … Du hast diese Liebe noch nicht ausprobiert, meine Gute."

„Gut, da magst du Recht haben, aber dafür hast du eine große Liebe, an die du dich dein ganzes Leben lang an erinnern kannst."

„Mein ganzes Leben lang? Willst du damit etwa sagen, Mama, dass mein Leben hier zu Ende ist?"

Im Haus konnte man jetzt wieder Aspasia keifen hören. „Und wer garantiert mir, dass ihr nicht irgend etwas anderes einfallen wird, bei dem ihr die Augen aus dem Kopf fallen? Das ist kein Mädchen, das ist eine schamlose Schlampe … die es gewagt hat, sich mit fünfzehn in einer Zisterne schwängern zu lassen …"

„In der Weinpresse, hast du uns anfänglich gesagt, Schwester."

„Das kommt doch aufs selbe raus! Wichtig ist doch nur, wie dreist sie ist und wie gleichgültig ihr die Ehre der Ftenoudos ist. Und außerdem, jetzt, wo sie ihr wertvollstes Gut einmal verloren hat, was hält sie davon ab, es wieder zu tun?"

„Dass sie ihre Jungfräulichkeit zurückerhält!"

„Findest du, dass es an Zeit ist Scherze zu machen, Eleftherios?"

„Ganz und gar nicht. Ich meine das ganz ernst. Heutzutage vollbringt die Wissenschaft wahre Wunder, verehrte Schwester."

„Ich verstehe nicht, was du meinst."

„Ganz einfach: es wird ein Eingriff vorgenommen, bei dem sie wieder zugenäht wird, selbstverständlich von einem Gynäkologen. Eine sogenannte Jungfernnaht! Das ist so geläufig heutzutage, dass es sogar Tarife gibt …"

„Und was bedeutet das?"

„Das bedeutet, je besser der Arzt, umso teurer ist er. Wir stellen sie also wieder her und verschließen ihr den Weg zu jedem weiteren Abenteuer."

„Ja!", brach es aus Aspasia hervor. „Aber dann kann sie ja sogar wieder heiraten, als wäre nichts geschehen."

„Aber sie wird es doch gar nicht erfahren! Das versteht sich von selbst!", versicherte ihr Eleftherios. „Überlass das nur mir! Wir sorgen dafür, dass sie sich lebenslänglich mit Schuldgefühlen quälen wird!"

Mit Erato im Schlepptau verließen die beiden Brüder bei Tagesanbruch das Dorf. Sie wagte nicht zu fragen, wohin sie mit ihr fuhren. Es genügte ihr, dass sie wegfuhr, dass so lange das Taxi fuhr, die Berge hinter ihr schnell immer kleiner wurden und sich links und rechts das Land ausbreitete. Plötzlich rief sie: „Mein Gott, was ist das?" „Das Meer!", antwortete Antonios ganz bezaubert von ihrer Schönheit und der Unschuld in ihren Augen.

„Bedeutet das etwa, dieses ganze Blau ist Meer?"

Ihre Begeisterung ließ auch am Flughafen nicht nach. Sie konnte gar nicht glauben, dass sie über der Erde fliegen würden. Der glückliche Ton in ihrer Stimme, ihr erstaunter Blick und ihre naiven Fragen versetzten die Brüder in eine schwierige Lage. Sie mussten sich zusammenreißen, um die Gefühle und die Zärtlichkeit zu unterdrücken, die sie in ihnen weckte.

„Aber warum steigen wir auch in das Flugzeug? Wohin fliegen wir?"

„Nach Athen natürlich!"

„Wie glücklich ihr mich macht! Das kommt so unerwartet, gerade jetzt nach Mamas Tod ... ich hätte mich gewiss einsam gefühlt!"

„Hast du denn nicht deine Schwestern?"

„Ihr seid schon so viele Jahre weg, und ich fürchte, ihr kanntet unsere Mutter nicht gut genug. Sie war ... sie war ..." Die Rührung schnürte ihr die Kehle zu und sie brach ab.

„Was war sie, Erato, was wir nicht verstanden haben?"

„Titel bedeuten mir nichts, und deshalb werde ich sie nicht Königin nennen, denn die Titel haben wir Menschen selbst geschaffen, wir verleihen sie anderen, sei es aus Unterwürfigkeit oder aus Unwissenheit. Durch unsere Mutter habe ich begriffen, dass die Frau genauso selbstverständlich ein Bestandteil dieser Welt ist wie die Erde und die Flüsse. Unsere Mutter war eine zärtlich küssende Lebensspenderin. Im kalten Winter schien durch sie die Sonne, und sie bewahrte die Schönheit der Welt. Nein, sie war kein Gott, der ist gleichgültig, unsere Mutter liebte, oh, wie sehr sie liebte! Ritzte man mir mit einem Messer die Haut auf, so flösse kein Blut, sondern ihre Liebe heraus. Solch eine Liebe habe ich von ihrer Brust getrunken!"

Die beiden Männer sahen wie vom Donner gerührt erst sie und dann einander an. Sie konnten nicht glauben, dass dieses Bergmädchen, das in seinem vierundzwanzigjährigen Leben zum ersten Mal das Meer sah, sich noch schöner ausdrücken konnte, als sie anzusehen war.

„Hast du die Mittelschule abgeschlossen?“, fragte Eleftherios sie.

„Nein. Vater hat uns nicht mehr zur Schule gehen lassen, als die Deutschen kamen und die armen Italiener ersetzten.“

„Waren die Italiener gut?“, fragte Antonios.

„Woher soll ich das wissen? Ich habe nur einen kennen gelernt.“

„Und warum sagst du dann die armen?“

„Ein jeder Verfolgter, der keinen Ort hat, wo er sich aufhalten und wo er sich vor der Grausamkeit und Unmenschlichkeit des Krieges verstecken kann, ist bedauernswert! Ein jeder Verfolgter eines jeden Krieges!“

Sprachlos hörten sie ihr zu. Nein, sie fühlten sich nicht beteiligt, es war einfach als sähen sie einen Kinofilm, dessen Ereignisse sie weder betrafen noch sich in ihrer Nähe abspielten.

„Wer hat dir das alles beigebracht, Erato?“

„Er.“

In Athen brachten die Brüder sie nicht, wie sie erwartet hatte, in ihr Haus, sondern sperrten sie in ein kleines, dreckiges Hotelzimmer in einer Seitenstraße des Omonia-Platzes. Vom Fenster aus sah sie gegenüber andere schmierige Fenster. Bis zum Abend verbrachte sie die Zeit in Gesellschaft ihres jüngeren Bruders Eleftherios, der verlegen auf dem einzigen Stuhl in diesem elenden Zimmer saß.

Auch er langweilte sich tödlich, aber er fing von sich aus keine Unterhaltung mit ihr an. Die Direktheit ihrer Worte und ihre Ehrlichkeit machten ihn verlegen. Sie schien vor nichts und niemandem Angst zu haben, und alles, was ihr in den Sinn kam, sprach sie wie selbstverständlich aus. Sie schien Gut und Böse nicht unterscheiden zu können oder Erlaubtes und Verbotenes. Immer wieder ging ihm ein Satz, den sie gesagt hatte, durch den Kopf: „… und ich habe nur einen Italiener kennen gelernt.“ Gott allein wusste, was sie noch alles auftischte, wenn er eine Unterhaltung mit ihr anfing. Erst als es Nacht wurde, sagte er ihr, sie könne sich hinlegen und schlafen. „Und Sie?“, fragte sie ratlos. Doch er antwortete nicht.

Am nächsten Morgen gegen acht Uhr erschien Antonios, und sie gingen alle zusammen aus dem Haus. Sie betraten die Eingangshalle eines mehrstöckigen Gebäudes. Der Aufzug, der sie ganz weit nach oben brachte, verursachte ihr Übelkeit und Brechreiz. Antonios drückte einen Knopf, und die Tür öffnete sich ganz von allein. Sie kamen in einen sauberen Raum und setzten sich in tiefe braune Sessel. Derlei Sessel hatte sie noch nie zuvor gesehen. Kurz darauf kam eine dicke weiß gekleidete Frau auf sie zu und sagte: „Komm mit!“

Erato sah sie ratlos an, drehte sich zu den Brüdern um, die zustimmend nickten und folgte der Unbekannten. Sie betraten einen anderen, noch weißeren, noch helleren Raum mit einem schmalen Bett. Die Frau hieß sie, sich auf das Bett zu setzen und schob den Ärmel ihres schwarzen Baumwollkleides hoch. Sie band ihr den Arm so fest ab, dass es weh tat. „Ganz ruhig, es wird nicht weh tun. Du wirst nur einen kleinen Piekser spüren.“ Sie sah eine Spritze auf sich zukommen und danach ein rotes Tuch, dass sich im Wind bewegte und sich selbst, wie sie neben dem Tuch herflog. Durch einen Klaps auf die Wange wurde sie geweckt. Die Weißgekleidete schien sie anzulächeln, aber sie konnte sie nicht genau erkennen. „Na, geht’s uns gut?“

„Ja, gewiss, aber wo bin ich?“

„Ruh dich ein wenig aus! Deine Angehörigen warten draußen auf dich.“

Sie erfuhr nie, wieviel Zeit sie dort verbracht und was genau man mit ihr gemacht hatte. Mit einem Taxi fuhren sie in das dreckige Hotel zurück, und den Rest des Tages musste sie im Bett liegen. Sie hörte, wie die Tür von außen abgeschlossen wurde und schlief dann ziemlich lange, müde wie sie war. Der Hunger weckte sie. Am nächsten Morgen öffnete Eleftherios die Tür und bot ihr einen Sesamkringel an, den sie mit drei Bissen buchstäblich hinunterschlang. Den Rückweg traten sie zu zweit an. Die vielen Leute in Athen, die riesigen Gebäude und die unzähligen Autos begeisterten Erato nicht mehr so sehr wie zwei Tage zuvor. Die eisige Verachtung ihrer Brüder, die geheimnisvolle Reise, von der sie geglaubt hatte, sie geschehe zu einem angenehmen Austausch von Zärtlichkeiten, demütigte sie so sehr, dass sie es sogar vorgezogen hätte, ihre Angstvorstellung, einer ihrer Brüder habe sie als Dienstmädchen für seine Frau bestimmt, wäre Wirklichkeit geworden.

Das Geheimnis klärte sich auch nach ihrer Rückkehr nach Hause nicht auf. Aspasia nahm sie eisig in Empfang. „Schwester Aspasia, warum habt ihr mich nach Athen geschickt?", wagte sie dennoch zu fragen. Aspasia sah sie mit ihrem kältesten Blick an: „Wir sind nicht dazu verpflichtet, dir Rechenschaft abzulegen. Du bist ja für unsere Familie sowieso nichts weiter als eine Hure."

„Was ist eine Hure, Schwester Aspasia?"

„Eine Hure ist eine, die außereheliche Kinder bekommt."

„Und was heißt außerehelich?"

„Das weißt du nicht? Ein Kind ohne Vater, ein Bastard."

„Aber Tonino war doch hier, in unserem Haus. Ich will damit sagen, das Kind hat doch einen Vater, und das ist Tonino."

„Ich verbiete dir, diesen Namen in unserem Haus jemals wieder zu erwähnen, Kirchenschänderin! Und genauso verbiete ich dir, noch einmal über dieses Thema zu sprechen! Und von jetzt an wirst du mich siezen! Jetzt geh raus und jäte Unkraut!"

Erato stürmte sichtlich erleichtert aus der kleinen Küche. Bei jedem Hieb mit der Hacke stieß sie einen tiefen Seufzer aus und rief: „Da, Bruder Antonios!“, und: „Hier hast du’s, Eleftherios, lächerliche Mannsbilder, seelenlose, jämmerliche, lachhafte Gestalten!“

Am Nachmittag kletterte sie müde in die Dachkammer hinauf, wo Penelope schon auf sie wartete und hoffte, sie beide könnten gemeinsam das Geheimnis der Reise lüften. Auch schon vor dem Tod der Mutter hatten sie nicht einschlafen können, ohne sich vorher alles erzählt zu haben. Es war immer das Gleiche, kindliche Eindrücke, die mit zunehmendem Alter ebenfalls reiften, doch das Objekt ihrer Begierde blieb immer gleich: das einzigartige männliche Wesen, das sie beide kennen gelernt hatten, der eine, der so wunderbar war und so warm wie ein goldener Septembertag. Der Mann, in dessen starken Armen sie sich wie ein ganz, ganz kleines Kind gefühlt hatte. „Aber wie nur, sag mir wie?“, fragte Penelope sie jeden Abend mit glühenden Augen, als erführe sie das allertiefste Geheimnis, das Geheimnis des Lebens schlechthin, und Erato begann mit unsagbarer Freude ihre Liebesgeschichte zu erzählen. Und hielt sie so über all die Jahre hinweg lebendig. Sie begann damit, wie die Finger zu brennen beginnen, als seien sie trockene Äste, die in den Kamin geraten, während sich der Mund mit seinem Mund verbindet und es einem den Atem nimmt. „Man hängt an diesen Lippen, die die Vereinigung begrüßen, die kommt während die Körper lodern wie Baumstämme und dann spannen sie sich und geben kleine Schreie von sich, von denen ich nie wusste, ob sie aus meinem Mund oder aus meiner Haut drangen. Und dann ereilt sie dich, die Liebe! Sie ereilt dich mit großen Schritten, die zwei Menschen zu einem werden lassen: einem Körper, einem Atem, einem einzigen gewaltigen Schrei …“

Penelope weinte still vor sich hin, während Erato beharrlich in die Dunkelheit starrte, um seiner Gestalt zu begegnen. Nun wurde auch noch Eratos Erniedrigung Teil ihrer Nächte, wie sie in diesem schrecklichen Hotel eingesperrt war und das Geheimnis der weißen Frau mit der Spritze.

Bis die Stunde des Meeres kam, das Erato zwar nur von oben gesehen hatte, doch sie wusste, dass es in den ersten morgendlichen Sonnenstrahlen glitzerte, als bestünde es aus Millionen von Diamanten. Nein, sie war nicht im Meer gewesen, sie weiß aber, dass es nass ist und unendlich, so unendlich wie ihr Verlangen, es von nahem zu sehen.

Die Tage und Nächte vergingen so langsam, als stünde die Zeit still in dem verfallenen Haus. Freudlose Jahre, ohne Unterschied, steinerne Jahre, in denen sie ihren verbleichenden Erinnerungen nachhingen. Sie zählten sie nicht einmal mehr. Nur Ergini ging regelmäßig aufs Feld, und nur das eintönige Taktak des Webstuhls der schweigsamen Aspasia war zu hören. Auch wenn sie am Webstuhl saß, trug Aspasia immer einen Gürtel, an dem ein Schlüsselbund mit kleinen und einigen riesigen Schlüsseln hing, für die es nicht im ganzen Haus passende Schlüssellöcher gab. Die befanden sich nur an dem Koffer, in dem Aspasia ihre Webarbeiten aufbewahrte und an einer alten Kommode in der Stube, in der sie alte Süßigkeiten verschlossen hielt – seltene Geschenke, verdorbene Pralinen, süßes Gebäck vom Vorjahr, das schon von unten angeschimmelt war. Doch die eigentliche Zeremonie spielte sich bei den seltenen Gelegenheiten ab, wo Besuch kam. Ergini stand aufrecht hinter Aspasias Stuhl, bis sie fragte: „Schwester Aspasia, soll ich das Tablett bringen?“ Aspasia nickte dann zustimmend, und Ergini ging hinaus und kam mit einem kleinen Tablett zurück, auf das gerade ein Glas Wasser und ein kleiner Glasteller passten. Der kleine Glasteller war leer. „Schwester Aspasia, werden Sie nun servieren?“ Daraufhin stand Aspasia auf und ging mit kleinen Schritten – wie in einer Theaterszene – langsam auf die alte Kommode zu, schloss die mittlere Schublade auf, holte mit eleganten Bewegungen ein verschimmeltes Gebäckstück heraus und legte es auf den leeren Teller. Niemand wagte jemals, die durch und durch grünliche Süßigkeit zu verschmähen, sie aßen es sogar ganz auf. Und Aspasia beobachtete ihre Besucher dabei mit königlicher Herablassung und lächelte leicht.

An einem Wintermorgen saßen Penelope und Erato schweigend vor dem Kamin und stickten. Auf einmal hörte man aus dem durch die Stürme verwüsteten Garten eine Stimme, und weil es wie immer ruhig im Haus war, hallte diese Stimme wie eine Trompete: „Frau Ftenoudos!"

Aspasia sprang vom Webstuhl auf und eilte zu dem kleinen Fenster. „Wer ist da?", fragte sie mit ihrer hölzernen Stimme. Erato erstarrte und griff nach Penelopes Hand.

„Bitte, Frau Ftenoudos!", hörte man die fröhliche Stimme des unsichtbaren Besuchers. Erato schubste Penelope zur Küchentür: „Lauf, lauf!" Das kleine Ungeheuer schlüpfte lautlos hinaus und fand sich hinter Aspasia wieder, die aus ihrer Werkstatt herunter gekommen war und abwartend im Türrahmen stand. Am Treppenabsatz stand ein dunkelhaariger Mann, der freundlich lächelte und sein spärliches Griechisch darbot.

„Ich Italiener Krieg!"

„Was wollen Sie?", fragte Aspasia eisig.

„Ich Tonino!"

„Was Sie wollen, habe ich gefragt!"

„Ich kennen Erato!"

„Hier bei uns gibt es keine Erato!"

„Ja, ich kennen gut Schwester Ergini, zusammen gehen in Berge Widerstand!"

„Bei uns gibt es keine Ergini."

„Mama Ftenoudos will ich, ich bringen Mama Ring, kleine Erato meine Frau!"

„Raus! Raus hier, du armseliges Subjekt, sonst rufe ich die Polizei! Was fällt dir ein, in ein fremdes Haus einzudringen, Schuft!"

Der Italiener wich zurück, während Aspasia wütete. Er war sich jetzt sicher, dass er sich im Haus geirrt hatte. Aspasia sah ihm drohend nach und verschloss mit bleichem Gesicht die eiserne Gartentür hinter ihm.

Penelope wich zurück, und ehe Aspasia zurückgekehrt war, war sie verschwunden. Sie ging in die Dachkammer und fand Erato rücklings mit geschlossenen Augen auf ihren Teppichen liegen. Penelope kniete sich vor ihr nieder und streichelte sie ungelenk: „Hast du gehört?"

„Alles!"

Stundenlang blieb sie unbeweglich liegen, von dem dringenden Bedürfnis gequält, Aspasia umzubringen. Und dann? Freiheit! Gefängnis – aber trotzdem Freiheit. Allein die Gewissheit, dass Aspasia nicht mehr lebte, wäre unendlich erleichternd. Ein unglaubliches Hochgefühl durchströmte ihren Körper. Na und? Sie selbst verbrächte den Rest ihres Lebens im Gefängnis, denn selbstverständlich würde sie vor Gericht nichts zu ihrer Verteidigung vorbringen. Wie sollte sie dieses Eingesperrtsein beschreiben? Wie lange? Wie viele Jahre waren es? Neunzehn, es hatte mit ihrer Schwangerschaft damals angefangen. Meine Güte, so viel Zeit war vergangen? Ein ganzes Leben! Wie kann man ein Leben derart verschwenden – hat man denn ein zweites? Und die? Könnte sie sich wirklich an ihr rächen, indem sie sie umbrachte? Natürlich nicht! Sie könnte sich nur an ihr rächen, wenn sie selbst dieses Nichts eines verschwendeten Lebens ohne Liebe leben müsste, sie müsste selbst dazu verdammt sein, viele, viele Jahre ein nichtiges Dasein zu fristen, durch die Willkür eines elenden, bedauernswerten und unbegründeten Hochmuts. Ja, aber wie sehr kann ich mich an ihr rächen? Warum hasst sie mich so sehr? Weil Erato es gewagt hatte, etwas zu leben, was Aspasia selbst nicht vergönnt war. Na also, ich muss wieder leben! Ich muss mich aus ihren Fängen befreien! Aber wohin soll ich gehen? Nirgendwo, ins Nirgendwo!

Im Haus war auf einmal ein ohrenbetäubender Schrei zu hören: „Ich haaaab's!!", brüllte sie, stolperte die kleine Treppe hinunter, schubste Aspasia, die wie versteinert in der Küchentür stand, beiseite und schoss die Terrasse hinunter, wobei sie brüllte wie ein Indianer auf dem Kriegspfad. Sie stürmte in den Garten und hinaus auf die Straße, ohne das Tempo zu verlangsamen. Sie schrie nicht mehr, sondern rannte nur noch durch die Straßen, wo es jetzt in der Mittagszeit völlig ruhig war. Sie lief immer weiter, weg von dem Albtraum, den sie selbst die ganzen Jahre über gepflegt hatte. Niemals, niemals mehr! Und sie wusste nicht, ob sie die Worte laut ausgesprochen hatte oder ob die Gedanken in ihren Ohren dröhnten. Ihre Angst war verschwunden, und sie würde ihr Leben niemals mehr von dieser Angst regieren lassen. Sie hatte die reine und unerschrockene Seele der Unschuld wiedergefunden, die um keine Auswirkungen weiß. Seltsamerweise spürte sie ihre Mutter neben sich, die sie an der Hand hielt und ihrer unwiderruflichen Flucht zustimmte. Und sie kletterte auf den Gipfel des Berges hinauf, bis ihre schwarzgekleidete Gestalt von unten nicht mehr zu erkennen war.

Aspasia blieb lange Zeit wie angewurzelt an der Stelle stehen, an die sie von Erato gedrängt worden war. So stand sie auch noch, als Erato schon längst hinter der Straßenbiegung verschwunden war. Penelope stand mit gesenktem Blick am Treppenabsatz und konnte ein schadenfreudiges Grinsen kaum verbergen. Sie geht ihn jetzt suchen, sie geht zu ihm, triumphierte sie insgeheim. Endlich drehte Aspasia sich ruckartig um: „Lauf schnell und ruf Ergini!“

„Wohin soll ich gehen?“, fragte Penelope erschrocken. „Nirgendwohin! Setz dich bloß hin, ich kann dich nicht mehr sehen!“ Penelope setzte sich brav hin, und dabei fiel ihr Blick auf Eratos Stickerei. Sie nahm sie, drückte sie an sich und triumphierte innerlich: „Sie geht ihn suchen, sie geht, um ihm ihr Jawort zu geben.“ Wenig später hörte sie Schritte, und Amalia wünschte mit ihrer süßlichen Stimme guten Abend.

„Mein Liebling, lauf aufs Kartoffelfeld hinter der Kirche des heiligen Dimitrios und ruf Ergini!“

„Ist etwas passiert? Warum sind Sie so blass, Schwester Aspasia?" „Nichts, mein Mädchen, nichts. Aber geh schnell und renn nicht auf der Straße, sonst wird noch jemand auf dich aufmerksam. Kommt zusammen zurück, sofort!"

Innerhalb kürzester Zeit war Amalia mit Ergini zurück.

„Sie ist weg, Erato ist weg!", schrie Aspasia wild gestikulierend. „Schwester Aspasia!"

„Ich bin verloren. Ich bin erledigt. Sie ist schon seit heute Mittag weg, und sie wird nicht zurückkommen!"

„Meine Güte, was sagst du denn da? Setz dich erst mal! Woher weißt du das? Sag schon, was passiert ist!"

„Nichts, nichts ist passiert … Sie fing an zu schreien, als sei der Teufel in sie gefahren und ist die Straße hinunter verschwunden … und aus meinen Augen."

„Um Gottes Willen, was sagen Sie da! Einfach so, aus heiterem Himmel?", wunderte sich Amalia.

„Geh, liebe Amalia, geh und mach deine Hausaufgaben. Ich werde sie beruhigen", sagte Ergini, die begriff, dass Aspasia etwas verschwieg. Und tatsächlich, als die beiden allein waren, erzählte sie ihr alles haarklein.

„Ach, Schwester Aspasia! Jetzt könnten wir den Familienrat gebrauchen! Besser als damals vor sieben Jahren wegen Ekaterinis Heirat."

„Hör auf damit! Sag mir lieber, was wir jetzt machen sollen!"

„Das wirst du schon selbst wissen!"

„Geh und such sie, wo immer sie auch sein mag, und bring sie zurück!"

„Woher zurück?"

„Was weiß ich? Vom Markt … Sobald du auf die Straße gehst, wird sich schon der eine oder andere Schadenfreudige finden, der deine Schwester mit dem Italiener gesehen hat."

„Und ich? Was soll ich sagen? Dass ich etwas weiß, oder dass ich gar nichts weiß?"

„Du wirst sie schon irgendwo sehen! Ich will, dass du sie zurückbringst!"

„Und du schließt aus, dass er mit ihr in einem Taxi weggefahren ist? Ach, Schwester, wo er dir doch gesagt hat, er sei gekommen, um sie zu heiraten, warum ...?“

„Weil das nur über meine Leiche geschehen wäre, darum! Sie hat uns schon genug lächerlich gemacht, als sie sich in unserem eigenen Haus in einer Weinpresse hat schwängern lassen! Im heiligen und reinen Haus der Ftenoudos! Los, geh jetzt und finde sie, hörst du!“

Nach einer halben Stunde kehrte Ergini enttäuscht zurück: „Nichts, Schwester, sie ist wie vom Erdboden verschluckt!“

„Er auch?“

„Es hat mich keiner darauf angesprochen. Ich habe sämtliche Klatschmäuler des Dorfes in ein Gespräch verwickelt, die mir über den Weg gelaufen sind. Ich bin sogar bis in Daoulinas Kafenion gegangen, wo alles voll war von Männern. Ich habe gesagt, ich suche den Weinbergwächter. Die meisten haben sich nicht einmal nach mir umgeschaut.“

„Es ist alles zu spät, sie sind weg! Ich habe es gewusst, hier in meinem Herzen habe ich es gespürt. Es war schwer wie Stein.“

„Bist du dir sicher, dass das alles wirklich passiert ist, Schwester? Hast du den Italiener wirklich deutlich in unserem Garten gesehen?“

„Willst du jetzt etwa behaupten, ich sei verrückt oder sonderlich?“

„Aber vom Italiener hat mir auch keiner etwas gesagt. Meinst du nicht, dass ein Fremder im Dorf sofort aufgefallen wäre? Gerade jetzt im Winter! Wenn er hier gewesen wäre, hätte er doch auch mit jemandem sprechen müssen.“

Aspasia schrie nach Penelope, und das kleine Ungeheuer schlich sich wie ein Geist herein und blieb vor ihnen stehen.

„Erzähl Ergini, was heute morgen passiert ist!“

„Heute morgen?“

„Ja, ist da nicht jemand hier gewesen? Du warst doch hinter mir, du blöde Kuh, wen hast du gesehen?“

„Den Italiener, wie er dir zugerufen hat, dass er Erato will, und unsere Mutter."

„Und wo war da unsere Erato? Hat sie ihn gehört?", fragte Ergini.

„Ich weiß nicht."

„Lass sie, lass die Blöde! Geh nach oben!"

„Du hast das Essen vergessen und ich habe Hunger."

„Ab nach oben und zwar schnell!"

„Und was sagen wir Amalia?"

„Vielleicht kommt Erato ja zurück?", sagte Ergini zögernd.

„Das kannst du vergessen, es ist schon dunkel ... ach, ach und die Hure ist mit ihm gegangen."

„Aber er wird sie doch heiraten, hat er das nicht gesagt?"

„Hör auf, hör auf! Ich will diesen Quatsch gar nicht hören. Er kann doch keine Hure heiraten ... das war ein Herr, wie es sich gehört!"

Erato ging ununterbrochen. Da sie das Laufen jedoch nicht gewohnt war, so lange wie sie im Haus eingesperrt gewesen war, fühlten sich ihre Füße an wie von tausend Nadeln durchstochen. Sie ging aber in der Gewissheit weiter, dass sie, hätte sie erst einmal den Berg überquert, auf der anderen Seite in die Gegend käme, die sie vor Jahren gesehen hatte, als sie mit den Brüdern gereist war. Und dort würde niemand sie kennen. Ein plötzlich aufkommender Wind überraschte sie. Anfangs fand sie ihn ganz angenehm und erfrischend, aber in kürzester Zeit waren ihr Baumwollkleid und die Strickjacke vollkommen durchnässt, und die Kälte durchdrang sie. In der Dämmerung versuchte sie zwischen den hohen Felsen eine Nische zu finden, wo sie unterschlüpfen konnte. Sie fand Schutz in einer Öffnung, wo sie schwerlich stehen konnte, die unbequem war und nicht einmal den Regen von ihr abhielt, der nicht aufhören zu wollen schien. Und plötzlich wurde sie hungrig. Der Hunger war so groß, dass ihr Magen schmerzte. Das Wasser tropfte aus ihrem Zopf und rann ihr den Rücken hinunter. Sie versuchte ihn so gut es ging auszudrücken. Zitternd stand sie da, und der Wind pfiff um sie herum. Sie fing an, ihr Haar zu lösen, in der Hoffnung, dass es offen weniger Wasser sammeln und sich leichter trocknen ließe, sofern dieser verdammte Regen überhaupt jemals aufhörte.

Der Wintereinbruch war erdrückend, aber über dem Haus lag die Trauer und die Stille wie ein Fluch. Aspasia konnte ihre Niederlage nicht verkraften und auch nicht, dass Erato es letzten Endes geschafft hatte, ihr zu entkommen. Und zudem noch mit ihm! Ergini wurde übel, als sie die hochschwangere Ekaterini traf, die ihr zweites Kind erwartete, ohne dass auch nur die geringste Aussicht darauf bestand, etwas Derartiges könne auch für sie selbst in Erfüllung gehen. Sie wunderte sich, dass das Leben einfach so weiter ging und die drakonischen Verbote ignorierte, die vor einem halben Jahrhundert – vor zwei Kriegen – von dem brutalen alten Ftenoudos aufgestellt worden waren. Sie wunderte sich über Ekaterinis riesigen Bauch und über das Recht der Menschen, zu träumen und Kinder zu gebären. Ergini war vollkommen mit der Familientradition verbunden, und daher gab es für sie keinerlei Aussicht, an den Träumen der Menschen teil zu haben und darauf zu hoffen, dass das Schicksal sich zu ihren Gunsten wendet, denn sie war die nächstjüngere Schwester Aspasias.

Dann geschah plötzlich etwas, was Aspasias Leben grundlegend veränderte. Und nicht nur ihres, sondern das der gesamten Familie. Der Postbote brachte ihnen einen kleinen Umschlag. Auf der Karte stand ein unbekannter Name: „Epaminondas Papailiopoulos“ und darunter „Grundschulamtsinspektor“. Auf der anderen Seite war in schnörkeliger Schrift geschrieben:

„Fräulein Aspasia Ftenoudos, ich bitte darum, Sie in einer vertraulichen Angelegenheit am Donnerstag, den 12. November um vier Uhr nachmittags besuchen zu dürfen."

Was mag er nur von mir wollen, fragte sich Aspasia aufgeregt. Ein richtiger Inspektor wünscht mich vertraulich zu sprechen. Das ganze Haus wurde auf den Kopf gestellt, damit alles sauber und anständig aussah für solch einen bedeutenden Besucher. Amalia erfuhr als Letzte von der Neuigkeit, als sie aus der Schule für Lehrerausbildung kam.

„Und ob ich ihn kenne, Schwester Aspasia! Er ist so sauertöpfisch, dass all unsere Lehrer vor ihm zittern."

„Also kennst du ihn! Und wie ist er, meine liebe Amalia? Ist er ein netter Herr?"

„Er ist alt und lang wie eine Bohnenstange."

„Amalia, Amalia, was für Ausdrücke sind das für eine Amtsperson!"

„So nennen ihn alle in der Schule. Schülerinnen und Personal."

„Du enttäuschst mich, Amalia! Ich war der Ansicht, Ihr sprecht in eurer Schule anständig über hohe Persönlichkeiten."

Der Hochgestellte gab sich die Ehre, um die Hand von Fräulein Amalia anzuhalten.

Nachdem Herr Epaminondas gegangen war, redete Aspasia den Rest des Abends pausenlos und tätschelte Amalia immer wieder die Wange. „Solche Ehen passen zu unserer Familie, und du, meine Tochter, wirst in den Luxus des großen Lebens abtauchen, das dich an der Seite eines solchen Gatten erwartet. Und außerdem wird der ganze Ort vor Neid platzen. Tja, was will man machen? Einen einzigen Inspektor hat das Dorf, und wir haben ihn uns geschnappt! Und wir haben ihn verdient! Wir sind allerdings übereingekommen, die Verlobung erst am Ende des Schuljahres bekannt zu geben, denn dann erhältst du dein Abschlusszeugnis, und du wirst neunzehn Jahre alt."

Ergini und Amalia hörten sich lächelnd die Pläne an, die ihre große Schwester gemeinsam mit Herrn Epaminondas geschmiedet hatte.

„Ach, was hast denn du geglaubt? Dass eine jede einen Inspektor heiratet? Abgesehen davon, dass ich jetzt gute Beziehungen habe und alle Lehrerinnen von Neochori mir zu Füßen liegen werden. Ach, Quatsch! Alle unausstehlichen Lehrerinnen werden ihre Versetzung nach Nordgriechenland beantragen. Und unser Schwesterlein Ekaterini lasse ich nach Sibirien versetzen!"

Selbstverständlich war die Wunde, die ihr Eratos Entkommen verursacht hatte, noch nicht verheilt, doch wenn sie jetzt darüber nachdachte, sah sie in ihrem Verschwinden den Willen der heiligen Maria, die ehrenwerte Familie der Ftenoudos von dieser unmoralischen Tochter zu befreien. Wie stolz war sie da auf die disziplinierte Amalia. „Eine Lilie gebe ich Ihnen, Herr Inspektor, eine weiße und reine Lilie", sagte sie zu ihm, als er um Amalias Hand bat.

Nur das Verhalten ihres ältesten Bruders Antonios stimmte sie ein wenig traurig, denn er schrieb ihr: *Das ist alles gut und schön, meine Schwester, aber du schreibst mir nicht, wie alt der Bräutigam ist. Um in so hohem Amt und Würden in seinem Beruf zu sein, muss er schon ein alter Mann sein.*

Aspasia sorgte dafür, dass sie alle Kommentare und Tratschereien erfuhr, die über die geplante Hochzeit kursierten. Sie erfuhr natürlich auch, dass Herr Epaminondas gute fünfundfünfzig Jahre alt war, und dass alle sich fragten, was er mit einer zwanzigjährigen und sehr schönen Ehefrau anfinge, aber – so schrieb sie Antonios – sie hielt den Menschen nicht für übermäßig alt. Und man durfte auch ihren Vater, Gott hab ihn selig, nicht vergessen, der in den Vierzigern war, als er ihre Mutter, ein gerade sechzehn Jahre altes Mädchen, heiratete. Und über diese nichtsnutzige Erato wollte sie erst gar nicht sprechen.

Zwei Tage lang hatte es ununterbrochen geregnet, aber nun klarte es langsam auf, und eine Novizin des Klosters *Maria, die Gutes gebärt* nutzte die Gelegenheit, um Grünfutter für die beiden Ziegen zu suchen. Hinter dem Kloster entdeckte sie plötzlich in einer mit Regenwasser gefüllten Mulde ein Bein. Neugierig ging sie näher heran und sah, dass hinter dem Felsen eine junge Frau eingeklemmt war. Die Frau war bewusstlos, und die Nonne, durch Geistergeschichten verängstigt, glaubte, es handle sich bei der Fremden – schön wie sie war – um ein Gespenst. Sie berührte sie vorsichtig mit dem Fuß, und die Unbekannte seufzte tief auf.

Das erschreckte die Nonne noch mehr, und sie lief ins Kloster zurück. Dabei rief sie schon von weitem: „Lauft! Hinter dem Felsen kämpft ein Geist, der aussieht wie die heilige Athanasia, mit dem Tode!" Die anderen Nonnen kamen herbeigeeilt, schleppten die Ohnmächtige in den Schuppen und riefen die Oberin, eine gutmütige Fünfundsechzigjährige. Sie gab Anweisung, die Fremde in ein Bett zu legen, auszuziehen und kräftig abzureiben, um sie aufzuwärmen. Danach zogen sie ihr ein dickes Hemd der Oberin an. Die Unbekannte phantasierte, weinte und versuchte sich ihr goldenes Haar auszureißen. Sie zitterte am ganzen Körper, obwohl sie unter fünf Decken gepackt war. Die Nonnen ließen den Arzt aus dem höhergelegenen Dorf kommen, und er maß Fieber und hörte der Kranken Brust und Rücken ab.

„Ehrwürdige Mutter, sie hat eine Rippenfellentzündung und eine Lungenentzündung, und Friede sei mit ihr."

Die Nonnen bekreuzigten sich und baten Gott um Vergebung für den Arzt, der wie üblich viel zu direkt war. Man wusste nie so recht, wann er scherzte und wann er es ernst meinte.

„Was guckt ihr mich so an wie die Hühner? Lauft los und macht zwei Schüsseln Wasser heiß, und dann badet ihr sie in dem großen Trog! Das wiederholt ihr bis heute abend noch zwei oder drei Mal. Husch, husch, schnell jetzt!"

Die Nonnen verliebten sich im wahrsten Sinne des Wortes in die schöne Unbekannte, die sie an eine Heilige erinnerte. Sie versorgten sie entschlossen und badeten sie unermüdlich in heißem Wasser, bis der Arzt am Abend wiederkam. Wie durch ein Wunder sank das Fieber bis auf 39 Grad. Der Arzt tätschelte ihr leicht die Wange und rief: „Komm sag schon Mädel, welcher Sturm hat dich denn an unsere rauen Felsen getrieben?" Doch die Kranke sah ihn nur mit großen Augen an und schien ihn nicht zu verstehen. Klar und deutlich hörte sie, wie um sie herum geflüstert wurde. Aber wer war sie? Kam sie etwa von dem anderen Kloster weiter oben am Berg und war vom Gewitter überrascht worden? Dem Gewitter Gottes? In dem anderen Kloster lebte aber doch nur eine alte halbblinde Nonne mit ihrem Vertrauten.

Da sie nicht wusste, was sie antworten sollte, blieb sie noch zwei weitere Tage stumm. Diese vorläufige Lösung ergab sich dadurch, dass der Arzt die Meinung vertrat, es sei nicht ausgeschlossen, dass sie durch ein mögliches Hirnfieber weder sehen noch hören könne. Am dritten Tag lächelte sie eine junge Nonne, die sie versorgte, spontan an.

„Guten Morgen", flüsterte sie ihr zu.

„Geht es dir besser?"

Sie nickte bejahend.

„Woher kommst du?" Erato sah sich in dem kargen, sauberen kleinen Zimmer um und fragte dann: „Wo bin ich?"

„Im Kloster *Maria, die Gutes gebärt* hoch oben auf dem Berg. Woher kommst du denn?"

„Daran kann ich mich nicht erinnern."

Die Nonne versuchte ihr das hellblonde Haar vorsichtig zu entflechten. „Du wirkst wie ein Gespenst, mein Mädchen. Hast du einen Namen? Wie heißt du?"

Erato wollte sich an die vergangenen vierundzwanzig Stunden nicht erinnern. Sie wollte sich nicht daran erinnern, wie Tonino verjagt worden war, wie tief sie Aspasia hasste, und dass sie beinahe alles täte, aber mit Sicherheit niemals mehr in ihr Elternhaus zurückkehren. Ihr schauderte bei dem

Gedanken daran, dass die Nonnen möglicherweise ihren Familiennamen erfahren könnten, denn sie war sich sicher, dass sie ihre älteste Schwester kannten, wo die sich doch mit diesen ganzen heiligen Sachen und dem Bistum beschäftigte.

Die Oberin bat den Arzt um Hilfe. „Was sollen wir mit der Kranken nur machen? Sie ist ein junges Mädchen. Es könnte doch sein, dass sie irgendwo verloren gegangen ist."

„Ich habe sie nie zuvor hier in der Provinz gesehen."

„Tragen wir etwa jetzt die Verantwortung für sie? Sie sagt doch, dass sie sich weder daran erinnern kann, wer sie ist, noch wer ihre Eltern sind. Sollten wir vielleicht die Gendarmerie verständigen?"

„Ach nein, nun nicht gleich die Dorfpolizei! Keine Eile, ehrwürdige Mutter! Sie soll erst einmal wieder richtig gesund werden. Es kann doch sein, dass sie sich langsam beruhigt und ihr Gedächtnis zurückkehrt."

An einem Sonntag, kurz nachdem Amalia ihre Prüfungen erfolgreich abgeschlossen hatte (und zwar mit Auszeichnung, denn kein Prüfer hätte es gewagt, die Verlobte des Oberinspektors schlechter einzustufen), erschien Herr Epaminondas in seinem blauen Anzug und brachte die Ringe. Im Haus der Ftenoudos wartete schon der Pope, um die Ringe zu weihen. Der Verlobte bat Aspasia um die Erlaubnis, mit seiner Braut ein wenig im Garten spazieren gehen zu dürfen. Beim Spaziergang fasste er Amalia leicht an den Ellbogen und fragte sie zögernd: „Sagen Sie mir, Amalia, sind Sie glücklich?"

„Aber selbstverständlich, Herr Epaminondas, ich bin das glücklichste Mädchen von Neochori."

„Welch Poesie! Mein Gott, Sie sind ein Engel auf Erden. Amalia, sagen Sie mir, wie Sie sich das Morgen vorstellen."

„Ich wünsche mir natürlich, dass wir nach Athen ziehen, damit ich, so wie mir meine große Schwester Aspasia das versprochen hat, die ganze Herrlichkeit, die Sie Kraft Ihres Amtes genießen, kennen lernen kann."

„Meinen Sie damit, meine liebe Amalia, dass ich meine Versetzung nach Athen beantragen soll?"

„Jawohl!"

„Aber das, mein verehrtes Mädchen, wäre ein Fehler! Doch sagen Sie mir zunächst einmal, ob die Vorstellung, sich von ihrer Familie, die Sie so verehrt, trennen zu müssen, Sie gar nicht traurig macht?"

„Sicherlich! Aber was sonst ist die Ehe als eine große Veränderung in unserem Leben?"

„Da haben Sie Recht! Aber ist die Tatsache, dass wir beide gemeinsam unter einem Dach leben werden, nicht schon Veränderung genug? Außerdem gibt es in Athen viele Inspektoren mit den unterschiedlichsten Zuständigkeiten, wohingegen ich hier der einzige Inspektor der gesamten Provinz bin. Somit zähle ich zu den Honoratioren, wie der Herr Präfekt, der Polizeipräsident, der Gemeindevorsteher und der Richter und letztendlich sogar der Bischof. Am 25. März, am 28. Oktober[7] und in der Nacht der Auferstehung sitzen wir während der Parade auf der Ehrentribüne. Und wenn Sie dann an meiner Seite sitzen, werden alle sagen, was für eine schöne Frau die Gattin des Oberschulamtsinspektors ist. Wird Sie das nicht glücklich machen?"

„Aber selbstverständlich, das wird mich glücklich und stolz machen."

„Und abgesehen davon kann ich beruhigt sein, wenn ich andere Schulen inspizieren muss und weiß, dass Sie nicht allein, sondern mit Ihren Schwestern zusammen sind."

Amalia blieb hinter einem dichtbeblätterten Baum stehen und wartete darauf, dass er sie küssen würde. Sie hatte ihren Mitschülerinnen versprochen, ihnen am nächsten Tag alles über den ersten Kuss zu erzählen.

Herr Epaminondas blickte zum Himmel und bemerkte: „Es ist schon Abend geworden. Möchten Sie umkehren?"

Amalia rührte sich nicht und streckte ihm ihr Gesicht ein wenig entgegen.

„Werden Sie mich nicht küssen?“, fragte sie.

Herr Epaminondas setzte seine Brille ab und küsste sie auf die Stirn. „Sie sind rein, ganz rein und ich möchte, dass das auch so bleibt“, sagte er.

Amalia zog es vor, sich am nächsten Tag nicht mit ihren Mitschülerinnen zu treffen.

Erato konnte das Bett verlassen. Sie unterhielt sich, sie lachte, aber sie beteuerte nach wie vor, dass sie sich weder daran erinnern könne, wer sie sei, noch woher sie komme. In der Woche vor Weihnachten erschien der Rechtsanwalt Jannis Tagaris im Kloster. Er war sozusagen der Rechtsberater für all die Probleme, die die ehrwürdige Mutter mit widerrechtlichen Aneignungen und Ansprüchen auf den Besitz des Klosters hatte. Dieser Besitz erstreckte sich bis zum Nachbardorf Kryoneri, und dort hatte der Anwalt auch seine Kanzlei. Die Oberin erzählte ihm, was vor einem Monat geschehen war. Sie berichtete ihm alles über das geheimnisvolle Mädchen und fragte ihn dann, inwiefern sie Verantwortung zu tragen habe und ob es besser sei, die Dorfpolizei zu verständigen.

„Meine Güte“, rief Tagaris, „da geht ein Bauernmädchen verloren und wir scheuchen die Gendarmerie auf?“

„Sie ist ganz und gar kein Bauernmädchen, mein Guter. Sie ist ein äußerst gebildetes Mädchen und sehr hübsch.“

„Kann ich sie sehen?“

Und dann sah er sie, und er bekam weiche Knie. Von wegen Bauernmädchen und unscheinbar! Erato trug eine braune wollene Kutte, die glänzenden Haare fielen ihr über die Schultern, und wie sie so vor ihm stand und ihn ganz ohne Scheu ansah, konnte er sich nicht erinnern, jemals etwas so Schönes gesehen zu haben. Ganz verlegen beschloss er, sie gleich in die Schranken zu verweisen. „Wie heißt du, Mädel?“

„Wie Sie wollen."

„Warum? Hat man dich nicht getauft?"

Sie lächelte ihn an, und er verlor jegliche Arroganz.

„Sollen wir uns nicht setzen?", fragte er und zog einen Stuhl heran. Erato setzte sich ihm gegenüber an den Tisch.

„Jetzt müssen wir beide uns unterhalten. Oder besser gesagt, eine Lösung finden. Die ehrwürdige Mutter hat mich hergebeten, um ihr zu sagen, was sie mit dir anstellen soll. Ich bin der Rechtsanwalt des Klosters."

Erato hörte ihm ungerührt zu.

„Erschreckt dich das nicht?"

„Warum sollte mich das erschrecken?"

„Sie hat sogar vor, die Gendarmerie zu verständigen."

„Was habe ich denn Böses getan?"

„Du hast ganz einfach die Spielregeln nicht eingehalten, zumindest nicht die unserer Dörfer in dieser Provinz."

„Welches Spiel?", fragte Erato, um Zeit zu gewinnen.

„Man kann es auch anders sagen. Ein Mädchen mit Gedächtnisverlust allein in den Bergen, wie dem auch sei. Da ist doch nicht auszuschließen, dass du eine Familie hast, die dich verzweifelt sucht. Durch die Gendarmerie werden wir das herausfinden. Deine Leute werden sie gewiss benachrichtigt haben. Bist du volljährig?"

„Ich bin schon über dreißig!"

„Ach, was? Daran kannst du dich erinnern? Gutes Zeichen! Dann versuch mal, dich an noch mehr zu erinnern bis wir uns wiedersehen."

Am nächsten Morgen erschien Tagaris wieder im Kloster.

„Sieh mal einer an!", rief die ehrwürdige Mutter ihm lächelnd entgegen. „Der Herr Jannis interessiert sich leidenschaftlich, wenn auch nicht für das Kloster, so doch zumindest für seinen Inhalt."

Tagaris grinste sie an. Er hatte ganz schmale Lippen, und so hatte bei ihm selbst ein Lächeln immer einen gewissen Ausdruck von Härte.

„Los komm!“, forderte die Oberin ihn auf. „Sag schon, was du über sie denkst!“

„Es scheint mir so gut wie ausgeschlossen, dass sie vom Dorf kommt. Sie hat so etwas Delikates.“

„Außer ihrer Schönheit …“

„Na gut! Sie führt alle Heiligen auf einmal in Versuchung. Mag sein, dass sie schlau und gelassen ist, aber sie scheint etwas Ernstes zu verbergen.“

„Siehst du sie heute?“

„Ja, ja, vielleicht.“

Er fand Erato wie schon am Vortag in der Sitzecke. Sie erschien ihm noch schöner.

„Also! Was ist dir eingefallen?“

„Ich glaube, es ist besser, wenn wir auch die ehrwürdige Mutter rufen“, schlug sie vor.

Als die Oberin kam, wandte Erato sich ihr zu: „Habt Ihr eigentlich schon einmal daran gedacht, dass ich mein Leben gern Gott weihen würde und dass meine Familie mir das nicht erlaubt?“

„Ich muss zugeben, dass ich daran noch nicht gedacht habe“, gestand die Oberin.

„Und wer ist die Familie, die dir das nicht erlaubt?“, mischte sich Tagaris ein.

„Da ich volljährig bin, kann mich auch meine eigene Familie nicht daran hindern. Meinen Sie nicht auch, Herr Rechtsanwalt?“

„Meinst du das ernst, meine Tochter? Willst du wirklich Nonne werden?“, fragte die Oberin.

„Ja“, war die zögerliche Antwort.

„Und du willst, dass die ehrwürdige Mutter dich einfach aufnimmt, ohne dass sie weiß wie du heißt?“

„Warum denn nicht? Ich bin ja schließlich keine Märchenprinzessin, sondern ein Mädchen vom Land, so wie all die andern.“

„Und du wolltest durch das Unwetter hier zum Berg getrieben werden?“, hakte der Rechtsanwalt nach.

„Gewiss! Ich wusste allerdings nicht genau, wo das Kloster liegt und auch nicht, dass ich mich schon ganz in der Nähe befand. Das Gewitter hat mich ganz durcheinander gebracht."

„Was verheimlichst du uns?", fragte Tagaris und sah ihr fest in die Augen.

„Meine Seele natürlich. Das Einzige, was ich mit Gott gemein habe, dem Einzigen, dem ich vertraue."

Die Oberin stand auf, und der Rechtsanwalt folgte ihr. Bevor er hinausging, drohte er Erato: „Wir sprechen uns in jedem Fall noch!"

„Wenn Sie es für notwendig halten."

Als die beiden allein waren, fragte die Oberin ihn: „Glaubst du ihr?"

„Nicht ein Wort! Und sie wird auch gewiss keine Nonne werden."

„Wieso schließt du das aus?"

„Weil ich sie heiraten werde, ehrwürdige Mutter."

„Jannis, du redest Unsinn. Sie ist noch sehr jung, und du bist fünfundvierzig Jahre alt."

„Stimmt! Das und was immer Sie mir sonst noch zu sagen haben. Solch eine Frau trifft man – wenn man Glück hat – einmal im Leben. Sie ist so klar und rein wie Quellwasser. Und selbst wenn sie irgendeinen grausamen Ehemann verlassen hat und sich jetzt vor ihm versteckt, ist mir das egal."

Die Oberin hörte ihm schweigend zu. „Du musst dir das gut überlegen, mein Sohn. Natürlich ist sie wunderschön, und ich bezweifle, dass sie das weiß …"

„Ganz genau, meine Liebe, ist dir das auch aufgefallen? Sie hat nicht ein bisschen von diesem Gehabe, das schöne Frauen üblicherweise an den Tag legen …"

Nach der Hochzeit machte Herr Epaminondas mit seiner Frau eine Hochzeitsreise nach Athen. Sie wohnten im Hotel Carlton am Omonia-Platz, und Amalia war ganz entzückt von dem vierstöckigen Gebäude. Der wahre Luxus schien ihr jedoch der Telefonapparat zu sein, der auf der Kommode zwischen den beiden Betten stand, und beim Anblick des Fahrstuhls geriet sie ganz aus dem Häuschen. Nachdem sie an der Rezeption erklärt hatten, dass sie frisch verheiratet seien und deshalb im Pass der Dame noch ein anderer Name eingetragen war, begleitete sie der Page auf ihr Zimmer. Er sollte die Kommode entfernen und die beiden Betten zusammenstellen. Kaum hatte er den Raum verlassen – nachdem er eine Weile vergeblich auf Trinkgeld gewartet hatte – wurde plötzlich alles schwierig zwischen ihnen. Amalia öffnete ihren Koffer, holte das einzige gestärkte Baumwollnachthemd hervor, das sie besaß (ihre große Schwester hatte es ihr für diesen Anlass genäht) und sah sich verlegen um. In dem kleinen viereckigen Raum gab es keine Möglichkeit, sich zum Umziehen zurückzuziehen. So schlug sie ihrem Mann vor: „Was sagen Sie dazu, wenn ich Sie darum bitte, kurz den Raum zu verlassen, damit ich mich für die Nacht zurecht machen kann?“

„Aber gewiss, meine Liebe“, antwortete er und ging bereitwillig hinaus. Amalia zog schnell ihr Kleid aus, behielt aber das dünne Unterhemd und den Nylonunterrock an und zog das Brautnachthemd darüber. Dann schob sie die Decke zurück und breitete sorgfältig ein doppelt gefaltetes Laken über die Matratzen. Aspasia hatte das Laken bestellt und ihr ohne weitere Erklärungen gesagt, dass es in der Hochzeitsnacht unentbehrlich sei. Und trotzdem wusste Amalia Bescheid! Das hatte sie ihrer Freundin Chrysanthi zu verdanken, die ihr – natürlich heimlich – ein Buch mit dem Titel *Was jedes Mädchen über die Hochzeitsnacht wissen muss* zugesteckt hatte.

Herr Epaminondas klopfte diskret an die Tür und fand Amalia zugedeckt im Bett liegend vor. Er machte das Licht aus. Ihr Zimmer im zweiten Stock bekam vom Platz unten immer noch genug Licht.

Amalia hatte sich die Decke bis ans Kinn gezogen, weil sie nicht den Eindruck erwecken wollte, sie wolle ihn in Versuchung führen. Ihr Mann drehte ihr den Rücken zu und fing an sich auszuziehen, und sie schaute ihn sich dabei genau an. Nachdem er seinen Anzug ausgezogen hatte, sah er aus wie eine Bohnenstange, die weite Unterwäsche schlotterte an seinem Körper. Er zog sich den Schlafanzug darüber und legte sich in das andere Bett. So blieben sie beide eine ganze Weile verlegen nebeneinander liegen. Bis Amalia endlich leise fragte: „Wollen Sie nicht zu mir kommen?"

„Aber natürlich, meine Liebe, wenn auch Sie das wünschen. Ich möchte die Situation keinesfalls ausnutzen."

„Aber was reden Sie da! In einer solchen Nacht!", rief Amalia und zog ihn auf sich.

„Küssen Sie mich!", forderte sie ihn auf und hielt ihm ihre Lippen hin. Herr Epaminondas küsste sie flüchtig aufs Kinn. Amalia nahm seine untätige Hand und legte sie auf ihren Bauch. Sie versuchte sich an ihn zu schmiegen, aber die untere Hälfte seines Körpers befand sich nicht unter ihrer Decke, sondern immer noch im anderen Bett. In dieser Position blieben sie verlegen liegen, bis Amalia sich die Unterhose selbst auszog. Nachdem sie das endlich geschafft hatte, schob sie seine Hand zwischen ihre Schenkel, und ihr ganzer Unterleib begann sich instinktiv langsam aber entschlossen zu ihm hin zu bewegen. Irgendwann bemerkte sie dann endlich, wie er halbaufgerichtet in seiner Unterwäsche kramte. Sie sah zwar nicht, dass er irgendetwas daraus hervor holte, aber er stürzte sich auf sie und bewegte sich zwei, drei Mal, ohne dabei jedoch ihren Körper zu berühren, zumindest schien es ihr so, als berühre er sie nicht. Danach legte er sich wieder neben sie und fragte: „Hat es dir Spaß gemacht, meine Liebe?" Amalia blieb unbeweglich liegen, ihre Augen im Halbdunkeln starr zur die Decke gerichtet. Er wünschte ihr knapp eine gute Nacht und zog sich in sein Bett zurück.

Als sie zehn Tage später von der Hochzeitsreise zurückkehrten, fragte Aspasia Amalia, wie es um das gewisse Laken stehe, das sie ihr in den Koffer gesteckt hatte, und Amalia antwortete trocken: „Das wurde nicht gebraucht." Sie wollte ihre Schwester dazu bringen, nach dem Grund zu fragen, aber Aspasia war so prüde, dass sie es nicht wagte, die Frage zu stellen, die man auf diese Aussage hin hätte stellen müssen. Und somit verstrich für Amalia die Gelegenheit, ihrer Schwester die ganze Wahrheit zu sagen, um ihr heimzuzahlen, was sie ihr mit der Auswahl dieses Ehemannes angetan hatte.

Statt dessen trat Amalia den ersten Gratulanten, die nachmittags erschienen, mit dem strahlenden Lächeln der glücklichen Jungvermählten entgegen. So wollte es Aspasia, und so hatte auch Amalia zu wollen gelernt. Sie war in der Überzeugung aufgewachsen, dass es in ihrer Familie weder Misserfolg noch Unglück zu geben hat. Amalia würde immer die sehr glückliche Gattin des Herrn Inspektors sein und mit ihrem Glück die Eifersucht des ganzen Ortes und sogar die ihrer Schwestern erregen.

Mit dem selben glücklichen und verschmitzten Lächeln empfing sie auch ihre ehemaligen Mitschülerinnen. Sie brauchte nicht zu befürchten, irgendwelche Geheimnisse aufdecken zu müssen, denn bei allen Besuchen war auch ihre Schwester Aspasia anwesend.

Wenige Tage nach ihrer Rückkehr erging ein Regierungsbeschluss, nach dem das Gericht in den nächst größeren Nachbarort umziehen musste und die Position des Schulamtsinspektors wegfiel. Herr Epaminondas wurde nach Karpenissi versetzt.

Aspasia reagierte auf diese Ereignisse, als habe man sie persönlich angegriffen. „Warum heiße ich Aspasia[8]“, fragte sie lauthals, „wenn ich keinen Perikles an meiner Seite habe. Oder zumindest Venizelos[9]?“ Dadurch, dass Neochori seiner Würdenträger und Regierungsdienststellen beraubt wurde, demütigte man ihrer Ansicht nach seine Bewohner und schadete seinem Ansehen.

Amalia schien ihr zuzustimmen, aber der Gedanke an einen Ortswechsel faszinierte sie. Sie hasste ihr Dorf, in dem alle wie eine große Familie zusammen hockten und jeder über jeden alles wusste. Seit sie Athen kennen gelernt hatte, schien es ihr, als könne man in der Provinz nicht leben, sondern lediglich sein Dasein fristen. Und Karpenissi war auf jeden Fall näher an Athen und weit genug von Neochori entfernt, um den Fängen ihrer Schwester Aspasia zu entkommen. Sie wusste nicht warum, und sie dachte auch nicht an etwas Bestimmtes, aber sie träumte davon, sich ein für alle Mal aus dem Elend, in dem sie aufgewachsen war, zu befreien.

27. Februar – immer aus dem Kloster irgendeiner Maria.

Penelope, meine Schwester, seit ich gestern die ersten drei Seiten meines Tagebuches geschrieben habe, fühle ich mich erleichtert. Seit ich unser Zuhause verlassen habe, konnte ich mich mit niemandem unterhalten. Ich meine, mit niemandem, der mich und meine Art kennt. Ich danke Gott für meine Eingebung, dir, meine Gute, in den endlosen Stunden unserer Abgeschiedenheit in der Dachkammer, unserem Käfig, Lesen und Schreiben beigebracht zu haben, damit du eines Tages lesen kannst, was mir alles zugestoßen ist, denn jetzt kann ich mich noch an jede Einzelheit erinnern.

Aus dem, was ich gestern geschrieben habe, wirst du sicherlich entnommen haben, dass ich natürlich nicht einen Moment geglaubt hatte, ich könnte Nonne werden und den Rest meines Lebens im Kloster eingesperrt verbringen. Nicht, dass ich nicht auch bei uns zu Hause eingesperrt gewesen war, aber da hatte ich immer noch die Hoffnung, es könne sich plötzlich etwas ändern. So wie es ja auch nach neunzehn Jahren durch Toninos überraschende Rückkehr beinah geschehen wäre.

Erinnerst du dich daran, wie ich dir sagte, ich sei für das Glück bestimmt? Das hatte mir unsere Mutter versichert, und daran glaube ich selbst jetzt noch, obwohl ich beinahe an Lungenentzündung gestorben wäre, wie ich dir ja schon auf den ersten Seiten geschrieben habe. Und sei es darum, weil ich in so jungen Jahren die Liebe kennen gelernt und gespürt habe, dass sie der Sinn des Daseins ist, ein wahres Glücksge-

fühl. Jedenfalls ist einen schönen jungen Mann zu lieben und sich ihm hinzugeben eine schier unerschöpfliche Quelle wahrer Lust.

Als ich endlich wieder aufstehen konnte und mich stark und sicher in der Obhut des Klosters fühlte, kam der Schlag! Du kannst dir bestimmt vorstellen, wie überrascht ich war, als mich Jannis Tagaris, der alte Rechtsanwalt des Klosters, bat, ihn zu heiraten. Und damit es ganz offiziell wirkte, machte er seinen Antrag in Anwesenheit der Oberin. Freu dich nicht zu früh! Zunächst einmal finde ich ihn mit seinem krummen Rücken schrecklich hässlich. Ich glaube, meine liebe Penelope, dass die Liebe ein Privileg der Jugend ist, nur durch die Gaben der Schönheit wird sie beflügelt. Diese Gaben sind in unserer großen Schwester völlig verkümmert, sie wäre am liebsten das Vorbild für die Tugend schlechthin. Sie hat ihre Jugend am Webstuhl vergeudet, während sie an ihrer Aussteuer webte, und über der ganzen Weberei vergaß sie, sich jemanden zu suchen, den sie damit beschenken konnte, wobei sie auf alle rasend eifersüchtig war, die ihr nicht glichen. Und jetzt ist sie einfach zu alt, um das Blatt noch zu wenden.

Du verstehst bestimmt, dass meine Lage dadurch noch viel verzwickter wurde, dass die Oberin, die ich sehr schätze, ungeduldig auf meine Antwort wartete. Trotzdem brachte ich den Mut auf und lehnte ab, indem ich ihm sagte: „Aber Sie kennen mich doch gar nicht." Er antwortete mir ganz zuversichtlich, dass wir noch ausreichend Zeit hätten, uns kennenzulernen, solange wir beide uns das wünschten. Ich wurde richtig wütend. „Und wer sagt Ihnen, dass ich wünschte, Sie lernten mich kennen?", fragte ich ihn. Und weißt du, was er darauf antwortete?

„Macht nichts! Es reicht, wenn ich es mir so sehr wünsche, dass es mir auch gelingen wird."

Aus Angst, er könnte versuchen, in mein geheimes Leben einzudringen, fuhr ich ihn an: „Oh nein, unser Privatleben gehört uns allein, und ich wüsste nicht, warum ich Ihnen etwas davon verraten sollte, nur um Ihre Neugier zu stillen." Und dieses Ekel lachte mich zuversichtlich an. Natürlich zählte er auf die buchstäblich ausweglose Lage, in der ich mich befand.

„Und was wirst du tun?", fragte er mich. „Wie willst du leben, wo du doch offensichtlich entschlossen bist, nicht nach Hause zurückzukehren?"

„Also hoffst du auf meine Hoffnungslosigkeit, um mich dazu zu zwingen, dich zu heiraten? Wie kommt es, dass du dir dazu nicht zu schade bist?“

„Meine Güte, ich liebe dich, versteht du das nicht?“, rief er einfach so vor der Oberin, und dann verschwand er.

Ich brach in Tränen aus. Die ehrwürdige Mutter setzte sich neben mich, aber ich weinte einfach weiter. Ich fühlte mich so verzweifelt und machtlos gegenüber einem unbekannten Mann, der mir nicht gefiel. Was sage ich? Bei dessen Anblick mir übel wurde, so weit entfernt ist er von dem Mann, von dem ich träumte, und so fremd ist er mir. Aber andererseits, was sollte ich tun? Sollte ich zurückkehren? Wieder mit Aspasia leben? Daran ist nicht zu denken, Penelope, das kann ich nie wieder, und verzeih mir, du weißt, wie sehr ich dich liebe und wie sehr du mir fehlst, aber eher sterbe ich. In meiner Verzweiflung kam mir der Gedanke, mich der Oberin anzuvertrauen. Sie ist eine weise Frau und sie saß so rücksichtsvoll und ruhig neben mir. Da erzählte ich ihr alles. Welch ein glückliches Kind ich an der Seite dieser einzigartigen, wunderbaren Mutter gewesen war und was ich selbst noch für ein Kind war, als ich meine Tochter gebar; ich hatte ja gar nicht verstanden, dass ich gegen die Regeln der Gesellschaft verstoßen hatte. Ich erzählte ihr, wie mich unsere Mutter, diese Frau, wie man kaum eine zweite finden wird, ein weiteres Mal vor aller Welt schützte. Unsere Mutter, unheilig wie sie war, ließ mich nicht wissen, dass ich einen Fehler gemacht hatte und verursachte mir keine Schuldgefühle. Unsere Mutter wusste, dass ich eines Tages begreifen würde, welch großartige Tat sie für mich begangen hatte, und dass ich letztlich ein sittsamer Mensch werden würde.

Meine gute Penelope, vielleicht mussten wir nach ihrem Tod all das durchmachen, weil es uns vergönnt war, durch eben diese Mutter, durch Erifili, geboren worden zu sein. Und ich denke, dass es möglicherweise ein Fluch ist, dass es uns nicht genügt, von dieser Vollendung gekostet zu haben. Wie viele vollkommene Menschen trifft man in seinem Leben? Ich sage bewusst, sie war unheilig, denn die Heiligen und Gott stellen unmenschliche Ansprüche an die Sterblichen, wohingegen unsere Mutter, tugendhaft wie sie war, wusste, wie wenig es dem Menschen entspricht, unfehlbar zu sein.

Und du wirst es nicht glauben, aber die Oberin, jene Fremde, hörte mir zu, wie unsere Mutter es immer tat, voller Sanftmut und Vertrauen. Und nachdem ich geendet hatte, riet sie mir, den Anwalt zu heiraten, der mich, wie sie zu wissen glaubte, aufrichtig liebt. Denn, beharrte sie, Gott eigne sich nicht als Zuflucht für ein junges und schönes Mädchen, und er sei auch keine Lösung. „Du wirst als Nonne scheitern", sagte sie zu mir. „Ist es etwa ausgeschlossen, dass ich als Ehefrau scheitere?", fragte ich sie. „Das ist die menschliche Dimension. Aber bei Gott dürfen wir nur dann Zuflucht suchen, wenn wir ohne ihn nicht leben können. Genauso unrecht wäre es", fuhr sie fort, „die Jugend, die dir noch bleibt, mit dieser unmenschlich harten Schwester, mit Aspasia, zu verbringen."

Ich erklärte ihr, dass ich Tonino immer lieben werde, und dass ich diesen Fremden niemals würde lieben können, diesen alten, farblosen Herrn. Wieder zeigte sie Verständnis und sagte mir, dass auch Tonino nicht ewig jung bliebe und möglicherweise mittlerweile im gleichen Alter sei wie der Anwalt Tagaris. Außerdem bat sie mich, mir vorzustellen, was meine Mutter in ihrer Lage täte und sagte: „Überlege dir ernsthaft, ob sie dir in diesem schwierigen und ausweglosen Moment deines Lebens etwas anderes raten würde."

„Aber dann könnte ich sie lieben und sie könnte mich beschützen", schrie ich.

„Ja, aber du hast sie nicht mehr, Erato."

Athen, 26. März

Meine liebe Penelope, letztendlich habe ich Herrn Tagaris doch dort im Kloster Maria, die Gutes gebärt geheiratet. Natürlich habe ich ihm vorher – so wie mir die ehrwürdige Mutter geraten hatte – gesagt, wer meine Familie ist und welche Schwierigkeiten ich hatte, mit dem neuen Familienoberhaupt, der lieblosen alten Jungfer Aspasia, zu leben. Nur das, sonst nichts.

Mein uneingestandenes Unglück rührte ihn und er übernahm sofort die Rolle des Erretters, der mich all das vergessen machen würde, als sei es nur ein schlechter Traum gewesen. Trotzdem brachte er mich hierher, in dieses einsam gelegene Hotel in Kifissia – mir scheint, wir sind die einzigen Gäste hier – weil ich, so meinte er, Ruhe und Erholung be-

nötige. Als hätte ich mich die drei Monate im Kloster ununterbrochen vergnügt!

Mein liebes Schwesterlein, meine winzig kleine Wilde, ach, ich bin ja so unglücklich! Jannis, mein Ehemann, ist wirklich verliebt in mich, der Arme. Mein Gott, wie wenig sie doch von der Liebe verstehen! Er ist plump in mich gedrungen, ohne zu verstehen, dass es mein Körper war, genauso wenig wie ich das verstanden habe; er hat ihn nicht gesehen! Ohne die Brille, die er immer trägt, konnten seine Augen ihn nicht sehen. Er konnte die Saiten meines Körpers nicht zum Klingen bringen, seine Gefühle konnten ihn trunken machen. Nichts, Penelope, nichts wird je die Lust zurückbringen, die mit großen Schwingen der steinernen Wiege der Weinpresse entflogen ist.

Diese Pflichtvereinigung hat meine Leidenschaft für Tonino neu entfacht. Weißt du, ich möchte dir gestehen, warum ich an jenem Tag schreiend aus dem Haus gelaufen bin. Um sie nicht umzubringen! Wenn du wüsstest, wie liebend gern ich unsere große Schwester umgebracht hätte, von dem Moment an, wo ich oben in der Kammer stand, seine Stimme hörte, wie er nach mir fragte und sie mich verleugnete. Ich sah ihren Körper im Türrahmen wie eine unüberwindbare Felswand, und dann sah ich auch die Axt in der Ecke neben der Tür stehen. Ich verspürte solch ein unbändiges Verlangen, dass es ein Leichtes gewesen wäre, sie hinter ihr zu heben und mit Wucht auf sie einzuschlagen, auf dass diese Verleugnung „Hier gibt es keine Erato" im Schwall ihres Blutes unterginge, auf dass sie zusammenbräche ...

Sie hörte, wie sich die Zimmertür hinter ihr öffnete, und auf einmal stand Tagaris neben ihr. Mit seinem schönsten Lächeln beugte er sich zu ihr herab und sah den Stift in ihrer Hand und das aufgeschlagene Heft auf dem Tisch. „Was ist das?", fragte er gutmütig und griff danach. Erato warf sich über den Tisch und deckte das Heft ab. Angstvoll sah sie ihn von der Seite an, so dass er argwöhnisch wurde, ihre Arme ergriff und sie mit unerwarteter Kraft hinter ihrem Rücken überkreuzte, wobei er ihren Körper gegen die Stuhllehne presste. Dann setzte er sich ihr gegenüber in den Sessel und fing an, das Heft von Anfang an zu lesen. Je weiter er las, um so mehr verfärbte sich sein Gesicht, er wurde erst blass, dann dunkelrot wie getrocknetes Blut, und dann schloss er es endlich.

„Wären wir im Mittelalter", sagte er, „würde man dich wegen dieses Geständnisses hängen oder lebendigen Leibes verbrennen. Im Mittelalter gab es noch wahre Gerechtigkeit, musst du wissen. Jetzt kann ich dich nur noch verlassen, doch noch nicht sofort. Erst einmal wirst du hier bleiben, hier bei mir, für die noch verbleibenden zwanzig Tage, bis wir für die Leute unsere Hochzeitsreise beendet haben. Danach schicke ich dich nach Volos, wo meine Schwester verheiratet ist. Dort kannst du dann weitere zwei Monate bleiben. Und anschließend werde ich die Scheidung veranlassen."

Erato saß völlig unbeweglich und verloren auf ihrem Stuhl und hörte ihm zu. Was konnte ihr jetzt noch passieren? Sie fühlte sich wie versteinert. Schön versteinert!

„Was hat deine Mutter, diese Heilige, denn mit dem Bastard gemacht? Hat sie ihn erdrosselt und im Garten vergraben? Ach ja, und über die Jungfernnaht klärst du uns ja gar nicht auf. Wer hat dir die denn gemacht?"

Erato verstand nicht, wovon er sprach.

„Sag schon, wer hat sie dir gemacht?"

„Was?"

„Wer hat dich wann und wo wieder zugenäht, damit du mir die unbefleckte Jungfrau vorspielen kannst?"

„Aber ich war keine Jungfrau."

„Ich habe dich jedenfalls entjungfert, also sag schon!"

„Ich weiß nicht, was du von mir hören willst."

Er sah ihr in die Augen. Sie war so ohne Falsch, so überzeugend, dass er Angst hatte, er würde sie erwürgen. Er legte das Heft auf den Tisch und ging hinaus.

Mama, hilf mir! Hilf mir, Mama!

Amalia war ganz von Karpenissi begeistert. Sie war der Mittelpunkt und viel umworben, denn da sie einen so alten Ehemann hatte, wollten sämtliche Männer von Karpenissi ihr Glück bei ihr versuchen.

Sie kamen Anfang Dezember an, und ehe sie es so recht begriffen hatten, war auch schon Weihnachten und die ersten Einladungen flatterten ins Haus. Voller Stolz brachte ihr Herr Epaminondas die Einladung des Präfekten. Amalia presste sie dankbar an die Brust. Da war nun all die Pracht, die ihre Schwester Aspasia ihr versprochen hatte. Sie lächelte ihren Ehemann mit einem feierlichen Ausdruck auf dem Gesicht an. Er versuchte ein verschmitztes Grinsen und holte aus seiner Hosentasche einen zweiten, diesmal blauen Umschlag. Amalia war ganz trunken vor Rührung und fragte: „Noch eine?"

„Du kannst dir nicht vorstellen, mit wem wir essen werden!"

„Mit wem, mit wem, Epaminondas?"

„Mit dem Transportminister. Er soll der Trauzeuge des Polizeipräsidenten werden."

„Liebster! Das ist nicht möglich!", rief Amalia und war kurz davor, in Ohnmacht zu fallen, so schrieb sie zumindest ihrer Schwester Aspasia.

„Ich brauche ein Abendkleid."

„Aber du hast doch dein Brautkleid."

„Das geht nicht, mein Lieber. Mein Brautkleid ist ein weißes Sommerkleid."

Ihr Auftritt machte wirklich großen Eindruck, jung und appetitlich wie sie war, neben diesem Tattergreis. Anfangs sprach sie wenig, sondern lauschte den Gesprächen mit großer Aufmerksamkeit. Und wie es damals in den Salons der Oberschicht der Provinz so üblich war, unterhielt man sich über alles Mögliche, von lokalen Ereignissen über Kavafis bis Camus. Und die Romantiker, die Ouranis[10] zitierten, wetteiferten mit den Progressiven, die sich von den *Verhängnisvollen* von Varnalis[11] beeindrucken ließen. Amalia war auch durch die Gespräche über einige zeitgenössische Feuilletonisten einer großen Athener Zeitung ganz entmutigt.

„Lesen Sie Apostolos?“, wurde sie gefragt.

Amalia fing sofort an, Zeitungen, Zeitschriften und Gedichtbände zu verschlingen. Ganz begeistert blieb sie bei einem Feuilletonisten hängen, der romantische Erinnerungen und Berichte über Künstler schrieb, die immer aus Paris stammten. Sie hatte allerdings nicht gehört, dass diese Intellektuellen ihn jemals erwähnt hätten. Also forderte sie sie bei der nächsten Gelegenheit heraus, indem sie erklärte, dass sie von allen zeitgenössischen Autoren Konstantinou bevorzuge, vor allem, weil er Anfang des Jahrhunderts in Paris gelebt zu haben schien und deshalb namhafte Franzosen so gut beschrieb. Alle stimmten ihr zu, so wie Provinzler einer schönen Frau, die Objekt ihrer unersättlichen Begierde ist, immer zustimmen.

Amalia war von dem Interesse, das sie erregt hatte, geschmeichelt und beschloss, Konstantinou zu schreiben, wie gern sie seine Artikel lese und wie sehr sie ihn bewundere. Eine Kopie des Briefes schickte sie an ihre Schwester Aspasia, die sich über ihre hochgestellten Bekanntschaften freuen sollte. (Aber auch, damit sie an den zwölf Seidenlaken weiter webte, die sie ihr versprochen hatte.) Natürlich rechnete sie nicht damit, eine Antwort von dem Journalisten zu erhalten, doch wenn die „Leute von Welt“ zusammentrafen, pflegte sie zu bemerken, dass sie mit Herrn Konstantinou korrespondiere. Sie steigerte sich jedoch derart in diese Korrespondenz hinein, dass ihre Briefe immer verliebter wurden. Und dann passierte etwas, was ihre Fantasie vollends beflügelte. Herr Epaminondas musste in Athen an der Prostata operiert werden. Amalia wollte wissen, was das für eine Krankheit sei, aber sie erhielt von ihrem Ehemann lediglich unbestimmte Antworten. Sie war nicht beunruhigt, sondern eher angetan von der Vorstellung, nach Athen zu fahren, denn dort würde sie ihren geliebten Feuilletonisten persönlich kennenlernen. Sobald das Operationsdatum feststand, schrieb sie ihm in ihrem fünfhunderteinsten Brief:

Verehrter Freund meiner Einsamkeit,

endlich wird der große Traum meines Lebens wahr, ich werde Sie persönlich kennenlernen! Lassen Sie mich hoffen, dass unser Treffen auch für Sie wenn schon kein Traum, so doch zumindest eine erfreuliche Begegnung sein wird. Ich werde am 11. oder 12. Mai bei Ihrer Zeitung erscheinen. Ich teile Ihnen mit, dass ich schon fünfundzwanzig Jahre alt bin, hellbraune Haare habe und mittelgroß bin. Ich möchte Ihnen persönlich dafür danken, dass Sie mein Leben verändert haben.

Von ganzem Herzen
Ihre Amalia

Gelangweilt öffnete Konstantinou den Brief mit dem Poststempel von Karpenissi. Amalia war nicht die einzige Provinzlerin, die ihn mit Liebesbriefen bombardierte. Solche Briefe erhielt er aus ganz Griechenland. Er kannte diese ganz und gar gelangweilten Frauen nur zu gut, die an der Seite eines Ehemannes lebten, der ihnen nicht mehr bedeutete als ihre Kochtöpfe. Abgesehen davon, dass es ihm gefiel, bewundert zu werden, fühlte er zärtliches Mitleid für all diese kleinen Frauchen mit ihren geistigen Ergüssen. Er notierte im Kalender auf seinem Schreibtisch unter ihrem Ankunftstag *Karpenissi* und vergaß die Sache dann. Am 11. Mai sagte er zum Portier seiner Abteilung: „Thanassis, heute kommt eine Dame, die du nicht kennst und ich eigentlich auch nicht; hilf ihr bitte, mein Büro zu finden." Und dabei kniff er ein Auge zu. „Sie können ganz beruhigt sein, Herr Georgos." Konstantinou ging zur Toilette und besah sich den wunderbaren Scheitel seines vollen, glatten Haares. „Meine gute Dame", murmelte er vor sich hin und schaute in den Spiegel, „wir sind zwar leider in die Jahre gekommen, aber Ihre betrübliche Langeweile beziehungsweise Ihre langweilige Betrübnis mit einer guten Nummer zu befriedigen, das schaffen wir gerade noch … natürlich garantiert uns dieses wohl kantige Gesicht nicht, dass Sie entzückt sein werden, aber ein anderes haben wir nun mal nicht."

Er kehrte in sein Büro zurück, und gegen halb fünf klopfte der Portier bedeutungsvoll an seine Tür, öffnete sie und ließ eine Frau eintreten. Die Frau machte zwei Schritte und blieb dann wie angewurzelt stehen. Konstantinou erkannte mit einem Blick die vertrocknete Provinzlerin in ihr. So sahen sie aus, mit ihren steifen Löckchen, die Tage alt waren und die keiner beim Liebemachen zerdrückt hatte, dem giftgrünen Kleid, dem altmodischen Täschchen und den Lacklederstiefeln. Er stand auf und knöpfte sein Jackett zu. Dann verneigte er sich vor ihr, als sei sie eine Prinzessin. Er küsste ihre kalte, zitternde Hand und bemerkte an der Art wie sich der Puder auf ihrer Haut aufplusterte, wie aufgeregt sie war. Er sah, wie bleich sie war und sagte: „Setzen Sie sich bitte." Er nahm gegenüber Platz. Amalia zitterte am ganzen Körper vor lauter verworrenen Eindrücken. Dieser Mann, der für sie bisher nur auf dem Papier existiert hatte, erstaunte sie mit der Männlichkeit, die er ausströmte, während seine Erregung – so erzählte er es seinen Freunden – zusehends wuchs. Sie schulden dir nichts, die armen Dinger, die ihre Hoffnung von so weit her tragen, um kräftig rangenommen zu werden, du schuldest es ihnen, ihren Traum zu verwirklichen, wovon sie für den Rest ihres Lebens zehren werden.

„Ich hoffe", sagte er ihr die Floskel, „dass Sie unsere persönliche Begegnung nicht enttäuscht."

„Sie scherzen sicherlich", rief Amalia empört. „Es ist wohl eher so, dass ich zum ersten Mal an meinem Ego zweifle, muss ich gestehen."

„Sie! Eine derart schöne Frau … Entschuldigen Sie, Frau oder Fräulein?"

„Frau. Ich begleite meinen Gatten, der gestern an der Prostata operiert wurde", sagte sie ganz unschuldig.

„Ach, der Arme! Die Zeit, sehen Sie, die Zeit ist so unerbittlich … und Sie so jung …"

„Ja, ich werde oft für seine Tochter gehalten."

„Das tut mir leid, meine Gute. Wie war noch Ihr Name?"

„Amalia."

„Ach, natürlich. Ich bin auch aufgeregt, Sie sind solch eine beeindruckende Erscheinung. Leider ist das Büro einer Zeitung nicht für tiefschürfende Gespräche geeignet, wie Sie sehen. Vielleicht könnten wir uns ja übermorgen zu einem schönen Spaziergang treffen?"

„Ach nein, das geht nur morgen. Übermorgen wird mein Mann entlassen, und wir fahren wieder nach Karpenissi zurück."

„Abgemacht!"

„Aber früh, so wie heute."

„Ganz früh, wir gehen irgendwohin, wo man den Sonnenuntergang sehen kann. Darf ich Sie erwarten?", fragte er mit offenkundiger Ungeduld. Amalia stand auf. „Das schwöre ich Ihnen", sagte sie, „und wenn ich nie wieder in meinem Leben einen Sonnenuntergang erleben werde." Konstantinou ging auf sie zu, und während es den Anschein hatte, er wolle die Hand auf die Türklinke legen, umfing er ihre Taille. „Ein Kuss, um unsere Abmachung zu besiegeln", sagte er und küsste sie leidenschaftlich auf den Mund. „Aber was tun Sie da, Herr Konstantinou!", rief Amalia, während er ihr mit der anderen Hand an die Brust fasste, die voll war, genauso wie es ihm gefiel. „Ich verglühe, Herr Konstantinou, mein Gott!"

Er ließ von ihr ab und öffnete die Tür. „Also, morgen um fünf hier draußen am Kolokotroni-Platz."

Das Morgen lässt immer auf sich warten, wenn man aus Karpenissi kommt und es kommt plötzlich, wenn man nicht hungrig ist. Er fuhr mit ihr zu den offenen Separees in Metz[12], wo man Bifteki mit Bier bestellen muss und die Pommes kalt und das Bier warm serviert werden. Man tut so, als esse man und sucht nach einem Gesprächsthema. Glücklicherweise machte sie den Anfang: „Es ist das erste

Mal, dass ich meinem Mann etwas verheimliche, und ich hatte gestern abend ein richtig schlechtes Gewissen."

„Ein schlechtes Gewissen? Aber Liebende sollten kein schlechtes Gewissen habe, meine Liebste", und er küsste sie. Heute war ihr Mund nicht kalt, im Gegenteil, sie begegnete seinem Kuss leidenschaftlich und ließ es zu, dass sich seine Hand in ihr Dekolleté schob, um sich im nachhinein darüber zu beschweren. „Was tun Sie denn da?"

„Ich genieße die Schönheit der Aphrodite." Amalia schob seine Hand weg, und er versuchte eiligst, sie zwischen ihre Schenkel zu schieben. „Nein, das lasse ich niemals zu!", sagte sie und schubste seine Hand weg.

„Meine Schöne, ich bin nicht schuld! Sie führen ja zehn Heilige auf einmal in Versuchung."

„Sehen Sie nur, Herr Konstantinou, wie rot der Himmel geworden ist! Was für ein Sonnenuntergang ...", aber sie schaffte es wieder nicht, den Satz zu Ende zu sprechen, weil er ihren Mund erneut mit seinem verschloss. Er atmete auf, denn je später es wurde, .desto erregter erwiderte sie seine Küsse. Er schob seine Hand wieder zwischen ihre Schenkel. Die Strapse, die er fühlte, erregten ihn, aber sie schob seine Hand wieder mit Nachdruck zurück. Konstantinou war erbost. Er schaute sie an, und sie erwiderte seinen Blick voll Verlangen. Jetzt gehen wir zum Angriff über, dachte er und umarmte sie. Der obere Teil ihres Körpers gab sich seinen Zärtlichkeiten hin. „Ich verglühe, ich verglühe", flüsterte sie zwischen seinen Küssen. Er legte seine Hand auf ihr pummeliges Knie, aber sobald er versuchte, unter ihren Rock zu gelangen, verkrampfte sie sich völlig. „Das ist ausgeschlossen!"

Konstantinou war es leid. „Wir sind alle schwach gegenüber der Schönheit", sagte er unbestimmt. Er rückte seine Krawatte zurecht, strich sich die glänzenden Haare glatt und rief nach der Rechnung. Amalia sah ihn von der Seite an. Ihr war klar, dass er es nicht noch einmal versuchen würde und tatsächlich aufgegeben hatte. Und dann sagte sie leise, aber klar und deutlich: „… es sei denn, Sie vergewaltigen mich." Konstantinou sprang lächelnd auf. „Dich vergewaltigen, meine Liebe? Es wird mir ein Vergnügen sein!" Er griff sie sich, riss ihr den Rock hoch, setzte sie auf seine Knie und drang mit einigen Schwierigkeiten in sie ein. Ein tiefer Seufzer entwich ihr, und sie lehnte den Kopf an seine Schulter. Als er sie so sanft wie möglich nahm und auf ihren Stuhl setzte, war sie halb bewusstlos, und er sah, dass sein Hemd an einer Ecke blutig war. Er hob ein wenig ihren Rock an. Auch ihr Unterrock war blutig. Schnell zog er ein Taschentuch heraus, tauchte es in das Bier und wischte sich ab.

„Amalia! Amalia, so heißt du doch, oder? Hast du deine Tage?" Endlich öffnete sie die Augen, sah ihn an und antwortete mit fester Stimme: „Natürlich nicht."

„Soll das, um Gottes Willen, etwa heißen, dass ich dich entjungfert habe?"

„Ja."

„Und wie lange bist du verheiratet?"

„Fünf Jahre."

15. Mai aus Volos

Penelope, meine Liebe, meine einzige Schwester. Was feiern wir heute, die Karwoche? Die Kreuzigung des Herrn? Und wer wird um mich weinen, Penelope, wer wird den dreckigen Körper waschen, den ich mit mir herumtragen muss? Wer wird mir darüber hinweghelfen, dass meine Unschuld derart gedemütigt wurde? Denn jeder, meine Gute, ist solange unschuldig, bis er die Gemeinheit, die Quälerei der Unmenschen kennen lernt, bis er bis zum Hals in dem Dreck steckt, den andere ausscheiden.

An jenem Morgen musste ich abbrechen, weil Tagaris hereingekommen war und mich dabei erwischte, wie ich in dieses Heft schrieb. Ich musste ganze drei Wochen bei ihm bleiben, weil die Leute nicht merken sollten, dass wir unsere Hochzeitsreise jäh abgebrochen hatten. Und da sagen wir kleinen Leute, Rechtsanwälte seien gebildete Menschen! Der

Bauer, der sich selbst als den Nabel der Welt sieht und glaubt, wenn er sich von dem Bauernmädchen – mir nämlich – scheiden lässt, dass die Welt aufhört sich um ihn zu drehen. Und die Menschheit wird vor Angst verstummen und sich fragen warum, und dann wird von der Welt die Nachricht zurück schallen: „Tagaris hat sich scheiden lassen, Tagaris hat sich scheiden lassen.“

Penelope, ich hasse zum ersten Mal in meinem Leben. Ich habe gelernt, die Männer zu hassen und ich habe gelernt, die Frauen zu hassen, die sie machen, ich hasse Märchen und strahlende Prinzessinnen, ich hasse jede Lüge, auf der unser Leben aufgebaut ist und die das Märchen nährt, dass wir heiraten, wenn wir erwachsen sind und wir dann mit diesen Untermenschen glücklich sein werden. Er hat mich drei Wochen in dem Zimmer gefangen gehalten und mich vergewaltigt. Penelope, so war es wirklich! Er hat mich Tag und Nacht vergewaltigt, wann immer er eine Erektion hatte, und er hatte unzählige. Er hat mich geschlagen, und ich musste sein stinkendes Ding lecken. Und wie er mich dazu gezwungen hat! Er hat mich an den Haaren runtergezogen. Er zwang mich zur Liebe wider die Natur, und weil ich vor Schmerzen geschrien habe, besorgte er Pflaster und verklebte mir damit den Mund. Ich musste sein Sperma schlucken, und weil ich mich übergeben musste, hat er mir mein Erbrochenes ins Gesicht geschmiert.

Ich bin tot, Penelope! Mein Körper zwar noch nicht, auch das kommt noch, aber das Leben ist aus meinem geplünderten Körper gewichen. Ich habe nie von meiner Mutter Brust Milch getrunken und auch nie mit dir im Garten gespielt, noch nicht einmal mit meinen Katzen, nie wieder, ich werde meiner Vergangenheit nie wieder begegnen, denn ich bin jenes Mädchen nicht. Ich will eine Ecke finden, ein Grab reicht mir, damit ich darin das Hässliche verstecken kann, das aus mir geworden ist. Ich will, dass du mir beim Sterben hilfst, einsam, wie er mich zurückgelassen hat, ohne Kindheit und Jugendliebe. Nein, ich werde Aspasia nicht verzeihen können, denn das qualvolle Leben bei ihr war nur der Auftakt zu all dem, was danach kam.

Ich werde noch einige Tage hier in Volos bei seiner Schwester bleiben, die bisher – laut seiner Anweisung – noch kein einziges Wort mit mir gesprochen hat. Ich habe sämtliche Bücher gelesen, die sich hier in dem Zimmer befinden, in dem ich eingesperrt bin. Und ab nächsten Mittwoch bin ich dann frei. Frei wovon? Wo ich doch diesen beschmutzten Körper mit mir herumtragen muss und die unbeschreiblichen Demütigungen, die er zu ertragen hatte. Was heißt Freiheit? Freiheit bedeutet, die Arglosigkeit zu besitzen, die Hässlichkeit der Menschen nicht zu kennen. Nur so lange ist man frei.

Ich werde den Zug nehmen und nach Athen fahren und von dort ein Flugzeug oder Schiff, je nachdem, wieviel Geld er seiner Schwester für mich gelassen hat, und dann nach Kreta kommen. Welches Kreta? Was werden meine vom Dreck erblindeten Augen sehen? Wem kann ich in die Augen sehen, ohne dass er die Demütigung erkennt, die mich erfüllt? Nur dich will ich sehen, meine schwarze Taube! Ich muss schon weinen, wenn ich nur daran denke. Und wird mich unsere verbitterte Schwester empfangen?

17. Mai

Ich bin nicht mehr die Erato, die wir beide kannten. Ich habe mich verändert. Früher habe ich geglaubt, ohne die Menschen nicht leben zu können, jetzt geht es mir genau umgekehrt. Ich habe eine krankhafte Angst vor den Menschen entwickelt, ich bin richtig hysterisch. Heute hat seine Schwester zum ersten Mal mit mir gesprochen. Sie kam herauf in das Zimmer, in dem ich vom ersten Tag an eingesperrt bin, nunmehr zwei Monate. Sie fragte mich ruhig, wann ich gehen will. Ich sah sie nicht an, und weil ich anfing zu zittern, schrie sie mich an: „Mein Gott, was ist denn mit dir los? Was sind das denn für Zuckungen?“ Ich verbarg mein Gesicht in meinen Händen, und dann hörte ich ein Brüllen, ohne zu begreifen, dass ich es war, die es ausstieß. Ich glaubte lediglich, ich schämte mich vor ihr, weil ich aussehe wie ein gestutzter Ziegenbock. Ach ja, ich habe vergessen dir zu sagen, dass er mir die Haare abgeschnitten hat. Er hat mich mit seinem Taschenmesser kahl geschoren, und ich sah zu, wie ganze Büschel auf den Boden fielen, während er schrie: „Da, da, so sind die Franzosen mit den Nutten umgegangen, die es mit dem Eroberer getrieben haben!“ Du wirst mich nicht wiedererkennen. Ich hatte sogar mit weitaus Schlimmerem gerechnet, nämlich dass er mir das Gesicht zerkratzen würde. Er hasste mich ganz und gar. Er zog mich aus und warf mich aufs Bett oder auf den Boden und anschließend saß er da, rauchte und betrachtete mich. Ich dachte, er stellt sich vor, wie er mich ganz und gar entstellt. Er traute sich das aber nicht, denn er wird sich gedacht haben, ich könnte ihn anzeigen. Wie soll sich solch ein Feigling und Unmensch, der mich vor all der Welt versteckt missbraucht hat, so etwas auch trauen? Kannst du dir vorstellen, dass er jeden Tag Frühstück und Mittagessen für zwei Personen bestellt hat, damit das Hotelpersonal nichts merkt? Meistens füllte er sich seine Tasse und schüttete den restlichen Kaffee in die Waschschüssel. Penelope, wie soll ich all den Hass ertragen, der meine Seele überschwemmt und sich in meinen Eingeweiden festgesetzt hat? Wenn nur unsere Mutter noch lebte! Nur sie könnte mich von dem Gift und dem unerträglichen Geschmack des Hasses in meinem Mund befreien. Zu wem soll ich mich flüchten? Zu unseren Brüdern, diesen beiden lächerlichen Eunuchen? Stell dir vor, die beiden waren es, die auf dieser unerträglich schweigsamen Reise nach Athen, auf die sie mich mitgenommen haben, diese tolle Jungfernnaht veranlasst haben, die Tagaris so hat durchdrehen lassen. Jetzt habe ich alles begriffen, alles! Auch das war ein Plan von Aspasia. Und was bleibt? Schwester Ekaterini. Aber wie soll ich zu ihr gehen und all das, was geschehen ist, aussprechen? Was wird sie sich bei meinem geschorenen Kopf denken? Denn ich habe seine Schwester gefragt, ob es möglich sei, eine Friseurin kommen zu lassen, um meinen geschändeten Kopf zu richten. Ich weiß nicht, was sie ihr unten sagte, aber die Frau sagte zu mir: „Die Haare sind so schlecht geschnitten, dass ich sie ganz kurz schneiden muss, um sie in Form zu bringen."

„Wenn es notwendig ist, rasier sie, das macht mir nichts", antwortete ich ihr. Ich sehe aus wie ein Küken, das gerade geschlüpft ist. Ich bat seine Schwester, mir ein Tuch zu geben, damit ich unter die Leute gehen kann. Hauptsache, ich komme hier raus. Bis jetzt weiß ich noch nicht, wo ich hin soll. Siehst du, wie komisch ich bin? Als wenn ich entscheiden könnte, wohin ich gehe. Momentan führt alles ins Nirgendwo.

Zweiter Teil

Erato sah erleichtert auf die eiserne Tür des Klosters *Maria, die das Gute gebärt.* Sie glaubte, ihre Leiden nähmen hier ein Ende. Sie ging sofort zur Zelle ihrer geliebten Oberin. Sie verbeugte sich und küsste ihr die Hand. „Ehrwürdige Mutter, mir ist niemand mehr geblieben auf der Welt. Seht mich nicht so an, ich habe nicht vor, Nonne zu werden. Ich weiß, dass ich unwürdig für etwas Derartiges bin. Es genügt mir, Euch meine Dienste anzubieten, sei es als Putzfrau oder um die Ziegen zu hüten."

„Setz dich hierher zu mir, Erato!"

Erato setzte sich auf den Hocker zu ihren Füßen und wartete.

„Du brauchst hier weder zu putzen noch Ziegen zu hüten, meine Tochter. Herr Jannis hat mir alles erzählt. Ich weiß, dass du ihn betrogen hast und er dir harte Worte gesagt hat. Aber er hat mir versichert, dass er nicht mehr beabsichtigt, sich scheiden zu lassen, sondern dir verzeiht und dich als seine Frau behalten wird."

Erato hatte das Gefühl, der Albtraum der letzten Monate lebe auf bedrohliche Weise wieder auf. Die Krämpfe packten sie wieder, und sie schlang ihre Arme um sich, um nicht vom Hocker zu fallen. Gleichzeitig spürte sie, wie kühl die Oberin war, die ihr Wasser brachte. „Was ist denn das, meine Tochter? Was ist in dich gefahren?", fragte sie, aber ihre Stimme klang kalt. Es dauerte etwas, bis Erato zu sprechen begann, denn sie wusste nun, dass sie zwar nicht gerade einen Feind, aber doch einen Verbündeten Tagaris vor sich hatte. Sobald sie ihren Körper wieder im Griff hatte, sah sie der Oberin direkt in die Augen und versuchte zu verstehen, mit wem sie es zu tun hatte. „Ehrwürdige Mutter, ich habe mich geirrt, ich möchte gar keine Arbeit. Nur eins will ich Euch noch sagen: angenommen ich wagte es, Euch von dem Monat zu erzählen, den ich mit ihm verbracht habe, würdet Ihr Euch schämen, ein Mensch zu sein. Ich, ich schäme mich, aber leider ist nichts von dem, was geschehen ist, für Eure Ohren geeignet."

„Langsam, Erato. Vor dem Gesetz und der Kirche bist du immer noch seine Frau und dazu verpflichtet, zu ihm zurückzukehren.“ Da begriff sie, was für ein ausgemachtes Subjekt diese Frau war, die sie fast mehr als Menschen möglich geachtet hatte. Sie zeigte ihre Verachtung, indem sie sie duzte: „Jetzt hör mir mal gut zu! Er hat mir mit seinem Taschenmesser die Haare geschnitten. Ich? Ich soll zu irgendetwas verpflichtet sein, ich?“ Sie zog schnell das Tuch herunter, mit dem sie ihren Kopf bedeckt hatte. Die Oberin sah sie erschrocken an. „Und doch versichere ich dir“, sagte Erato mit leiser, aber fester Stimme, „dass das noch das Geringste und Unwichtigste ist, was er mir angetan hat, dein Goldstück, der Herr Rechtsanwalt! Du kannst ihm sagen, dass ich zu meiner Familie zurückkehren werde, und falls er mal in der Nähe ist, so soll er ruhig vorbeikommen, denn ich warte nur auf die Gelegenheit, ihm mit dem Gewehr meines Vaters eine Kugel durch den Kopf zu jagen. Und dann kannst du diesem Mistkerl, deinem lieben Tagaris, noch sagen, dass ich mich anschließend freiwillig stellen werde, denn es wird mir ein Vergnügen sein, all das, was er mir angetan hat, vor Gericht zu erzählen, damit die Leute selbst nach seinem Tod noch auf ihn spucken. Und jetzt, meine Liebe, pass gut auf und merk dir, dass eine Frau, die durch die Hölle eines Tagaris gegangen ist, vor nichts und niemandem mehr Angst hat. Haben wir uns jetzt verstanden?“, sie spuckte die Worte förmlich heraus, öffnete die Tür und verschwand.

Zielstrebig lief sie den Abhang Richtung Neochori hinunter. Da sie sich sicher war, dass niemand sie erkennen würde, ging sie auf den Markt und kaufte Patronen. Die Patronen steckte sie in die Tasche und machte sich auf den Weg zu ihrem Elternhaus. Die Eingangstür war völlig zugewuchert. Sie fühlte, wie ihr vor Freude ein Stein vom Herzen fiel. Nein, sie hatte nicht einmal mehr vor Aspasia Angst. Mama, flüsterte sie, Mama, das Schicksal hatte Schlimmeres als deinen Tod für mich vorgesehen, es wollte meine uneingeschränkte Erniedrigung. Nein, Mama, der Tod ist nicht das Schlimmste, das Schlimmste ist der Mensch!

Sie bekam Angst, denn eigentlich konnte sie es nicht ertragen, Aspasia gegenüberzutreten. Sie war noch immer geschwächt, das Herz tat ihr weh, und ihre Beine waren schwer wie Blei. Während sie langsam wieder zurückging, spürte sie so etwas wie eine warme Brise an ihrem Bauch. Penelope schmiegte sich wimmernd und schluchzend an sie, und Erato schloss den kleinen Körper in ihre Arme und hob ihn hoch. Dann überschüttete sie Penelope solange mit Küssen, bis sie beide, lachend und weinend gleichzeitig, umfielen und sich aneinander klammerten.

„Man wird uns sehen und denken, wir wären vollends übergeschnappt."

„Und wenn schon, Penelope, das ist mir egal! Du bist meine einzige und letzte menschliche Begegnung, meine Gute, mein kleines Wesen …" Sie schob sie ein wenig von sich und betrachtete liebevoll das haarige Gesichtchen, das sie zwischen ihren Händen hielt. „Kann uns Aspasia auch bestimmt nicht beobachten?" Augenblicklich fing Penelope wieder an zu schluchzen. „Aspasia ist sehr krank. Sie ist operiert worden und liegt im Krankenhaus. Ergini hat sie dort hingebracht."

„Woran ist sie denn operiert worden?"

„Man hat ihr die Brust abgeschnitten."

„Krebs."

„Woher weißt du das?"

Erato war froh, dass Aspasia nicht da war. Besser so, dachte sie, besser nicht gleich alles auf einmal. „Dann lass uns hineingehen!"

„Ja, los!", rief das kleine Ungeheuer. „Und du? Bist du jetzt doch nicht Nonne geworden?"

„Ach, hör bloß damit auf!" Und dann brachen sie in lautes Lachen aus und rannten hinein. Das Haus wirkte verlassen, überall waren Spinnweben und Staub. „Das Haus der Ftenoudos bricht auseinander, zerfällt und geht aus den Fugen, Penelope … alles geht in Nichts auf, Träume, Liebe,

Hass, Irrtümer, sogar unser Leben ist nun ein Irrtum, nachdem sich auch unsere Jugend in Rauch aufgelöst hat. Nicht einmal Nachkommen haben wir!"

„Ach, Erato, du musst dir unbedingt die beiden Kinder von Ekaterini ansehen, die sind niedlich! Aber Amalia wird mit dem alten Kerl, den sie geheiratet hat, noch nicht einmal Katzen zustande bringen!" Lachend und ganz in Gedanken nahm Erato das Tuch vom Kopf. Penelope stieß einen Schrei aus, als sie Eratos geschorenen Kopf sah. „Deine Haare, Erato, was ist bloß mit deinen Haaren geschehen, die unsere Mutter immer Weizenfeld genannt hat?"

„Ich habe mein Leben geweiht, Penelope, ich habe mein Leben Maria geweiht."

„Und da hast du sie dir ausgerissen? Warum?"

„Damit wir uns wiedersehen konnten, Schwesterlein, um aufzuerstehen, meine Gute."

„Um aufzuerstehen? Aber du warst doch gar nicht tot!"

„Nein, nicht ganz. Das, was von mir übrig geblieben ist, habe ich dir mitgebracht, das Beste. Ich habe dir meine Liebe mitgebracht, meine Kleine."

„Trotzdem bist du schön, und Aspasia wird wieder eifersüchtig auf dich sein."

„Nein, ich habe nicht vor, ihr zu begegnen. Meinst du, dass Ekaterini mich bei sich aufnehmen wird?"

„Zu ihr solltest du gehen, gute Idee, da sind ja auch die Kinder. Wenn du jetzt Amalia gesagt hättest..."

„Dir geht's wohl nicht gut. Ich wüsste nur zu gern, wem diese eingebildete Ziege eigentlich ähnelt."

„Mir scheint, derjenigen, die sie groß gezogen hat. Deshalb hat sie ja auch diese alte Bohnenstange geheiratet. Weil sie Aspasia gefiel."

„Ich habe Hunger! Hast du etwas zu essen im Haus?"

„Nein, Erato, nur einen Sesamkringel und Oliven. Du weißt ja noch gar nicht, dass auch unser Esel gestorben ist und gleich danach auch noch die Ziege. Es gibt noch nicht einmal Milch! Nichts haben wir mehr, rein gar nichts."

„Noch nicht einmal Eier, um uns ein Omelett zu machen?"

„Und wer sollte das machen?"

Keine der Schwestern hatte kochen gelernt. Das hatte ihnen Aspasia verboten. Nur sie allein durfte kochen, um ihre herausragende Stellung als Familienoberhaupt zu untermauern.

„Weißt du, was wir machen? Wir essen jetzt unseren Sesamkringel, bleiben heute abend zusammen und morgen gehe ich zu Ekaterini."

Herr Epaminondas erholte sich sehr gut. Eines Tages empfing ihn Amalia mit ihrem strahlendsten Lächeln. „Ich habe eine Überraschung für Sie, mein Lieber", sagte sie zärtlich. „Setzen Sie sich her zu mir! Und jetzt nehmen Sie mich bitte in den Arm!"

„Was ist los? So, bitte, ich habe Sie umarmt, Amalia."

„Es ist etwas Wundervolles geschehen! Verehrter Gatte, Sie haben mich zur glücklichsten Frau von Karpenissi gemacht."

„Das freut mich wirklich, aber Sie sollten mir schon sagen, warum."

„Sie machen mich zur Mutter, mein Lieber."

„Ich? Aber … wie denn das?"

„Wie andere Ehemänner das auch machen."

„Wann, Amalia?"

„Erinnern sie sich noch daran, wie Sie ein paar Tage, bevor wir zur Operation nach Athen gefahren sind, in mein Bett gekommen sind und mich in den Arm genommen haben? Ich glaube, an jenem Abend wurde ich schwanger."

„Aber davon wird man nicht schwanger", seine Augen glotzten durch die dicken Brillengläser, der glückliche Ausdruck auf ihrem Gesicht erschreckte ihn.

„Aber natürlich wird man das", versicherte sie ihm und hing sich ihm auf eine zärtlich neckende Art, die er an ihr gar nicht kannte, an den Hals. „Wie glücklich Sie mich gemacht haben, mein lieber Mann!"

„Bist du dir sicher, Amalia?", fragte er. Er wusste, dass sie sich durch ihre Unschuld schnell etwas einreden konnte, und wenn man sie aufklärte, wäre das niederschmetternd für sie.

„Hundertprozentig sicher, mein Lieber! Wenn eine Ehefrau bemerkt, dass ihre Periode zwei Monate hintereinander ausbleibt, muss sie dann nicht schwanger sein?"

„Natürlich, ja gewiss! Aber hast du die Bestätigung vom Arzt?"

„Epaminondas, was reden Sie da? Als ginge ich allein zu einem unbekannten Arzt!"

„Kennen wir den Frauenarzt denn nicht?"

„Epaminondas!", rief sie als träfe sie der Schlag. „Soll ich etwa allein zu einem Gynäkologen gehen? Bei einem derart ernsten familiären Problem? Was sollen denn da die Leute denken? Und erst der Arzt?"

„Du hast Recht! Du hast immer Recht, liebste Gemahlin!"

Nachdem Herr Fountouklis, der Gynäkologe, Amalia untersucht hatte, zog sie sich an, und er kehrte ins Sprechzimmer zurück, wo Epaminondas auf ihn wartete. Er klopfte ihm wohlwollend auf die Schulter. „Herr Papailiopoulos, meinen herzlichsten Glückwunsch. Unsere gute Amalia ist Ende des zweiten Monats schwanger."

Herr Epaminondas reichte dem Arzt seine eiskalte Hand und zog dabei eine Grimasse, die er für ein Lächeln hielt. „Sie sind sich also ganz sicher?"

„Aber was reden Sie da, Inspektor! Wir gehen mit großen Schritten auf den dritten Monat zu. Ach, die Jugend! Schön, wenn man das Glück hat, sie genießen zu können!"

Herr Epaminondas beugte sich über den Schreibtisch. „Herr Doktor", flüsterte er, „glauben Sie an Wunder?" Er zitterte. Gerade wollte er den Arzt an seiner Erkenntnis teilhaben lassen, dass Amalia eine jungfräuliche Mutter oder so etwas in der Art war, da öffnete sich die Tür und eine strahlende Amalia erschien, umarmte ihn und küsste ihn beinah auf den Mund. „Bist du jetzt beruhigt, mein lieber Mann?"

Sieben Monate später brachte Amalia einen gesunden Jungen zur Welt.

Die nächste Vergewaltigung bescherte Amalia drei Jahre später ein Töchterlein. Und diese schlaue Tochter konnte zur Freude des Herrn Epaminondas eher Papa als Mama sagen. Das behauptete Amalia zumindest am Tag der Taufe. Herr Epaminondas war mittlerweile pensioniert worden, und so konnte Amalia ihren großen Traum verwirklichen und sich in Athen niederlassen. Von Herrn Epaminondas Abfindung kauften sie sich dort eine Wohnung.

Bei der Gelegenheit bestellte Amalia auch neue Türschilder und ernannte ihn zumindest auf dem Papier zum *Mittelschulinspektor*. Herr Epaminondas selbst erfuhr nie von dieser Änderung, denn Amalia hatte sie ganz eigenmächtig beschlossen. Sie fand es wesentlich *schicker* für das Ansehen der Familie und der heranwachsenden Kinder.

Diesmal war die Beziehung zu ihrem Vergewaltiger allerdings nicht ganz so kurz wie bei Herrn Konstaninou, den sie nicht wieder sah und dem sie auch kein Wort über seine Leistung geschrieben hatte.

Christoforos, ein junger Zahnarzt, fand anfangs, sie sei eine mehr oder weniger hübsche und ein wenig träge Provinzlerin. Ihr Mann war zu ihm in Behandlung gekommen, um sich ein neues Gebiss machen zu lassen. Und eines Tages hatte sie ihn dann gebeten, auch einmal einen Blick auf ihre Zähne zu werfen. Als sie auf dem Behandlungsstuhl lag, bemerkte er, dass sie ihn trotz ihres zurückhaltenden Auftretens voller Verlangen ansah. Da ihr Mann dabei war, erklärte er ihr, ihre Zähne befänden sich in tadellosem Zustand, es könne aber nicht schaden, eine Kariesbehandlung machen zu lassen. Am nächsten Morgen suchte sie ihn unter dem Vorwand auf, sie sei gerade auf dem Weg zum Einkaufen und habe die Gelegenheit nutzen wollen. Ihn reizte die offenkundige Schüchternheit, hinter der sich eine lüsterne Erotik verbarg, die schon mit dem ersten Kuss ausbrach. Und Christoforos lebte in dem Glauben, dass er es war, der diese Erotik geweckt und sie zur Frau gemacht hat. Sie sprachen von großer Verliebtheit und unerträglich starker Liebe. Ganz begeistert erzählte sie ihm dann, dass sie schwanger sei. Er fragte sie ganz aufgeregt, ob sie denn gar keine Angst davor habe, dass Herr Epaminondas etwas ahne. „Das ist ausgeschlossen!“, beteuerte sie ohne weitere Erklärungen. Nach der Entbindung konnten sie sich noch leichter treffen. Amalia ließ ihren Sohn morgens allein in den Park, weil er, so behauptete sie, so lebhaft war und man sich ständig mit ihm beschäftigen musste. Nachmittags passte Herr Epaminondas dann auf den Kleinen auf, während sie – stets perfekte Mutter – mit dem Kinderwagen in den Park ging, damit das Baby an die frische Luft kam. Und dann ließ sie den Wagen im Flur der Praxis ihres Geliebten stehen.

Als Christoforos dann eine interessantere junge Frau kennen lernte, musste er bis nach Kolonaki[13] ziehen, um Amalias Leidenschaft zu entkommen.

Von da an widmete sie sich ganz und gar ihren Kindern und verlangte von ihnen beste schulische Leistungen. „In unserer Familie“, pflegte sie zu sagen, „gibt es zwei Grundsätze: man darf weder erstens erfolglos noch zweitens unglücklich sein.“

„Auch jetzt, wo Papa krank ist?“, fragte ihr Töchterlein.

„Immer!“, kam die Antwort. „Man muss dem Leben immer lächelnd entgegensehen und den anderen ein zufriedenes Gesicht zeigen.“ Diese Weltanschauung ließ ihre Kinder immer ein wenig naiv und unreif bleiben. Denn ihrer Ansicht nach waren ihre Kinder unwissend und sie die

Allwissenheit in Person. Als Marlen dreizehn und Phaidon sechzehn Jahre alt waren, konnten sie es kaum erwarten, ihre Heimat Neochori und endlich auch den altehrwürdigen Familiensitz zu sehen. In ihrer Kindheit hatte Amalia ihnen abends als Gutenachtgeschichte erzählt, in welchem Überfluss sie aufgewachsen war und wie glücklich sie zusammen mit ihren Geschwistern in dem Herrenhaus mit den Samtvorhängen und den persischen Teppichen, die die Schritte hin und her eilender Dienstboten schluckten, gewesen war. Das Schloss war in ihren Geschichten ein Relikt der venezianischen Herrscher, die ihre Schlösser am Verwaltungssitz der Provinz zu bauen pflegten. Dogen, Markgrafen und Ritter mit weißen Handschuhen gingen im Haus ein und aus. In den feuchten Kellergewölben waren Verbrecher und Aufständische an Eisenketten gefesselt. An manchen Tagen hörten die Nachbarn das Wehgeschrei der Gefangenen, die von ihren Wächtern gequält wurden. An anderen Tagen wiederum hörte man göttliche Klänge aus dem ersten und zweiten Stockwerk des Schlosses, von dort, wo Empfänge und Festmahle im strahlenden Schein der Kronleuchter stattfanden.

„Und die Kronleuchter haben wir noch immer im Haus, Mama?“

„Unterbrich mich nicht, Phaidon! Also, auf den Empfängen verbeugten sich die schönen Damen in den schulterfreien Kleidern vor der Schlossherrin im goldenen Gewand. In einem freistehenden Gebäude neben dem Schloss waren fünfundvierzig Jagdhunde mit ihren Wärtern untergebracht. Sie standen dem Schlossherrn zur Verfügung, denn er jagte gern in seinen weiten Wäldern.“

„Ist Opa Michailos auch auf die Jagd gegangen?“, fragte Phaidon mit ungezügelter Neugier.

„Wir sprechen von deinem Urgroßvater. Als ich auf die Welt kam, hat sogar dein Großvater schon nicht mehr gelebt.“

„Und woher weißt du das dann alles?“

„Das ist unsere Familiengeschichte, mein Sohn, die kennen wir alle."

„Und die Schlossherrin mit dem goldenen Gewand war meine Oma?", fragte Marlen.

„Deine Urgroßmutter war das", stellte Amalia klar.

Die Kinder konnten gar nicht verstehen, warum ihre Mutter immer wieder Ausflüchte fand, um die Ferien nicht auf Kreta verbringen zu müssen. Sie schaffte es immer wieder, irgendeinen Vorwand zu finden und mit ihnen nach Karpenissi zu fahren, wo sie noch immer die Aufmerksamkeit ihrer alten Bekannten auf sich zog, indem sie ihr vollkommenes Familienglück zur Schau stellte. Denn in der Vergangenheit war ihr von einigen Schadenfreudigen zugetragen worden, dass der eine oder andere sie wegen des großen Altersunterschiedes zu ihrem Ehemann bemitleidete. Eines Tages kam Phaidon dann außerordentlich gutgelaunt aus der Schule, weil – wie er ihr erzählte – keiner seiner zweiunddreißig Mitschüler ein urgroßväterliches Schloss besaß. „Aber jetzt ist Schluss mit dem Quatsch! Es wird Ernst, Mama, diesen Sommer fahren wir nach Neochori", sprach er in geschwollenem Ton.

„Das geht nicht, mein Sohn, ich habe andere Pläne."

„Und was soll ich meinen Mitschülern sagen?"

„Dass wir nach Paris fahren."

„Und? Fahren wir?"

„Nein, ich werde allein fahren, denn wie ich euch schon erzählt habe, lebt mein ältester Bruder Konstantinos dort. Er ist steinreich und ein Mann von Welt, und bisher habe ich ihn noch nicht kennen gelernt."

„Und wie soll ich sagen, dass ich in Paris war, wenn ich die Stadt gar nicht kenne?"

„Komm schon, mein Junge, ich war so oft mit euch im Kino. Da kannst du keine Großstadt beschreiben? Großstädte sehen doch alle gleich aus!"

Auf die verzweifelten Bitten Aspasias, sie möge doch endlich die Kinder bringen, die sie so gern kennen lernen wollte, antwortete sie aber ganz anders, als es den Kindern gegenüber geklungen hatte:

Meine liebe Aspasia,

können Sie nicht verstehen, dass ich große Sehnsucht nach Ihnen habe und Ihnen nur zu gern endlich die Kinder vorstellen würde. Die Kinder vergöttern Sie, sie wissen, was ich Ihnen schulde, und dass ich es Ihnen, Aspasia, und Ihrer Weisheit zu verdanken habe, die glücklichste Frau Kretas geworden zu sein. Sie haben mir einen wunderbaren Menschen als Ehemann ausgewählt, der sich als genauso idealer Vater erweist. Wie viele Pläne hatten wir beide für diesen Sommer! Leider kommt es aber meist anders, als man denkt. Herr Epaminondas ist bettlägerig – ich hatte Ihnen das eigentlich nicht mitteilen wollen – und er darf nicht reisen. Genauso wenig können wir alle drei das Haus verlassen und ihn ganz allein lassen. Bitte seien sie nicht beunruhigt, er hat höchstwahrscheinlich einen kleinen Schlaganfall erlitten. Völlig bedeutungslos, aber er hat sich leider noch nicht wieder richtig erholt. Es ist nichts Ernstes, er ist nur linksseitig gelähmt und sein Sprechzentrum ist ebenfalls angegriffen. Er wird zwar künstlich ernährt, aber er hält sich wunderbar. Um Sie davon zu überzeugen, wie sehr mich die Professoren beruhigt haben – denn aufgrund seiner hohen Position im Bildungsbereich beschäftigen sich nur Professoren mit Herrn Epaminondas, und da wir ja nun auch nicht alle zusammen in unser geliebtes Elternhaus kommen konnten – bin ich kurz nach Paris gefahren, weil ich gehört habe, dass es dort einen ausgezeichneten Neurologen gibt, der Spezialist für Herrn Epaminondas Krankheit ist. Bei der Gelegenheit habe ich auch unseren Bruder Konstantinos kennen gelernt, aus dessen Haus ich Ihnen nun schreibe, denn ich befinde mich noch immer in Paris. Unser Bruder ist ein sehr reicher Geschäftsmann, der darauf bestanden hat, mich in seinem großen Haus aufzunehmen. Seine Fabrik ist riesig, und er hat unzählige Angestellte. Ich habe versucht sein Mitleid für Sie zu erwecken, wo Sie doch in unserem heruntergekommenen Elternhaus leben. Vergeblich! Er hat mir nichts zugesagt. Wie es scheint, verleugnet er nicht allein den großen Namen unserer Familie – er nennt sich nämlich jetzt Konstantin Ftenauld – sondern sogar die Familie selbst. Angeblich hätte er mich gern einmal abends ausgeführt, hat aber meine Kleidung leider für unpassend gehalten. Das hat mir sehr weh getan, und genauso weh getan hat es mir, dass er voller Verachtung von unserem Vater gesprochen hat. Er hat sich über unsere Brüder Eleftherios und Antonios lustig gemacht und nannte sie das arme Fußvolk. Aber was mich ganz besonders verbittert hat, war eine beleidigende Bemerkung über unsere Mutter. Er fragte mich, wie alt ich sei, und als ich ihm sagte, ich sei achtunddreißig, brach er in fürchterliches Gelächter aus. „Glauben Sie mir nicht?", fragte ich. „Ganz im Gegenteil", sagte er, „aber ich bewundere unsere Mutter, diese Sarah. Was meinen Sie wohl, wie sie das geschafft hat?" Dann sah er mir direkt in die Augen und fragte: „Wissen Sie zufällig, wie alt die gute Erifili war, als sie Sie zur Welt brachte?" Er war völlig verblüfft darüber, dass ich das natürlich nicht wusste. Da nahm er seine Zeitung, öffnete sie und sagte, „da wird schon was dahinter stecken!" Auf jeden Fall, meine liebe Schwester, ist er ein ganz bösartiger Mensch, der sich nicht um unsere Familie und ihre Prinzipien schert.

Ich hoffe, dass Sie sich über die Neuigkeiten, die ich Ihnen berichtet habe, freuen. Ich küsse Ihnen die Hand, Aspasia, Mutter und Schwester. Grüße an meine Schwestern.
Hochachtungsvoll
Amalia

Konstantin hatte viele Abenteuer erlebt und unzählige Berufe ausgeübt, ehe er endgültig und unwiderruflich beschloss, wieder Schuhmacher zu sein, so wie er es von dem *Verfluchten* – wie er Michailos Ftenoudos nannte – gelernt hatte, und von da an ging es mit ihm bergan, und er wurde satt. Der Auslöser war ein orthopädischer Schuhmacher, bei dem er während des Krieges gearbeitet hatte, um keinen Militärdienst leisten zu müssen. Der Schuhmacher, der alte Jacques, pflegte zu ihm zu sagen: „Im Krieg darf man nicht faul sein. Wo es viele Kanonen gibt, gibt es auch viel Brot, denn viele sind verletzt, und das vor allem an den Beinen."

Nachdem er Neochori verlassen hatte, verwirklichte Konstantin zunächst seinen großen Traum und fuhr zur See. Dann brach der Zweite Weltkrieg aus, und er gab sein Seeabenteuer auf. Er hatte ein paar Ersparnisse, nichts Großartiges, aber genug, um sich einen kleinen Laden zu mieten und allein weiterzuarbeiten. Er hielt sich immer an die Worte des alten Jacques und stellte fest, dass es schwierig war, einen orthopädischen Stiefel den individuellen Verletzungen eines Kunden anzupassen. Nun kam ihm seine Lehrzeit zugute, die er mit den Schaftstiefeln der Bauern von Neochori verbracht hatte. Es sprach sich in den Krankenhäusern und Sanatorien, in die schwer verletzte Deutsche und Italiener zur Nachbehandlung geschickt wurden und in denen sich sehr viel später auch Franzosen heimlich behandeln ließen, schnell herum, welch gute Arbeit er leistete.

Er mietete sich einen neuen Laden und warb mit einem Schild für sein Spezialgebiet. Bei dieser Gelegenheit passte er auch seinen Nachnamen an und änderte ihn in den französischer klingenden Namen Ftenauld.

Seine Kunden hatten fast alle Kriegsverletzungen, und er wendete viel Zeit auf, sie zu Hause aufzusuchen oder sie zur Anprobe ins Geschäft zu bestellen, bis er ihnen den Schuh endlich so perfekt angepasst hatte, dass er so wenig Schmerzen wie möglich verursachte. Einer seiner Kunden war auch Antonino Taglieri. Er war Medizinstudent in Montpellier, als der Krieg ausbrach. Konstantin lernte er erst nach dem Krieg kennen, und ihre Freundschaft begann, als sie herausfanden, dass Taglieri in Griechenland und vor allem auf Kreta gedient hatte. Konstantin gestand ihm, dass er nicht nur Grieche, sondern sogar Kreter war. Taglieri fand den wunderlichen alten Kauz sehr amüsant. Doch erst viel später schüttete er ihm sein Herz aus, während sie gemeinsam durch die Bistros streiften und Wein und Pernod tranken, der sie an den griechischen Ouzo erinnerte. Taglieri war immer noch sehr jung, als er sich seinem Freund anvertraute und ihm gestand, dass er ein Mädchen liebe, das er in einer

Weinpresse im Keller des Hauses, in dem er sich versteckt hielt, entjungfert hatte.

„Und wie lange ging das mit euch beiden?"

„Vier Monate."

„Und du Wahnsinniger hast es tatsächlich geschafft, dem kretischen Dolch zu entkommen? Bravo! Und wo war das, sagst du?"

„In einem Dorf, das Neochori heißt, ja …"

Konstantin hörte gleichgültig zu. „Und wie hießen die Leute, die dich versteckt hielten?"

„Warte, das habe ich mir aufgeschrieben, weil der Name schwierig ist." Er zog sein Notizbuch hervor. „Da steht's …. Ftenoudos, aber die Familie hat mich nicht versteckt, nur das kleine Mädchen und seine Schwester, und stell dir vor, sie hatte den seltsamsten Namen, den ich jemals gehört habe, sie hieß Erato."

„Seltsam, in der Tat seltsam", meinte Konstantin. „und ihr wart vier Monate zusammen, ehe sie euch entdeckt haben?"

„Ja, ja, es war wunderbar … jeden Abend … weißt du? Jeden Abend mit dieser Süßen."

„Und da ist sie nicht schwanger geworden?"

„Woher soll ich das wissen? Eines Nachmittags kam eine andere, eine ältere Schwester herunter, warte, den Namen habe ich mir auch aufgeschrieben, da, Ergini, und sagte zu mir: Ich bringe dich jetzt in die Berge. Ich musste natürlich mitgehen. Unterwegs sagte ich ihr dann, dass ich Erato liebe und wiederkommen werde, um sie zu heiraten."

„Aber dann hast du's vergessen!"

„Nein, Konstantin. In den Bergen wurde ich verletzt, ich bekam eine Entzündung am Bein, und als ich nach Italien zurückkehrte, hätte man es mir fast abnehmen müssen. Du hast ja gesehen, wie fertig ich war. Zieh mich nicht auf, ich liebe sie noch immer. Du kannst dir nicht vorstellen, wie schön sie war. Ich fahre hin, du wirst schon sehen."

„Bist du denn schon mit dem Studium fertig?"

„Nein, aber sobald ich fertig bin. Um was wetten wir, dass ich sie dir eines Tages bringe?"

„Mir? Warum?"

„Nur damit du siehst, wie schön sie ist, Konstantin."

„Du machst wohl Witze? Wenn du dein Diplom hast und der Endokrinologe Taglieri bist, dann wirst du doch wohl kein Bauernmädchen heiraten wollen?"

Und er fuhr. Nur fand er das Haus nicht wieder. Die Familie war verschwunden. In der Tür stand eine schreckliche schwarz gekleidete Alte mit gelber Gesichtshaut. Falsch, falsch, falsch waren alle Namen, die er ihr aufzählte.

Konstantin schüttelte sich vor Lachen, als er in der Beschreibung der Alten seine älteste Schwester wiedererkannte. Er begnügte sich allerdings damit, zu fragen:

„Und du hast nicht einmal das Haus wiedererkannt?"

„Natürlich nicht! Es war Nacht, als ich mich dort hineingeschlichen habe und mich in so einem Mittelding zwischen Toilette und Hühnerstall versteckt hielt. Dort hat mich das rachitische, ungeheuerähnliche kleine Mädchen entdeckt, von dem ich dir erzählt habe. Ein ganz liebes Kind, sie hat mich dann im Keller versteckt. Und als ich den Keller wieder verließ, war es auch Nacht. Ich habe nichts gesehen, nur Bäume. Sogar im Keller war es dunkel."

Taglieri nahm eine Stelle im Hämatologiezentrum von Freiburg an. Er glaubte zunächst, es sei nur vorübergehend, aber er blieb. Wann immer er jedoch zu einem Kongress nach Paris fuhr oder auf dem Weg in seine Heimat war, verbrachte er einen Tag bei seinem Freund, dem Griechen.

Amalia stieg aus dem Zug, nahm sich ein Taxi und ließ sich nach Hause fahren. Vor der Haustür kam ihr ein unbekannter junger Mann entgegen, der sie ansprach: „Entschuldigen Sie, sind Sie die Frau des Inspektors?", stammelte er.

„Das bin, was wollen Sie?“

„Zunächst will ich mich Ihnen vorstellen. Ich bin Thanassis Anagnostou. Ich bin der Kassenarzt des Viertels, könnte man so sagen, denn ich wohne hier … Wissen Sie, ich habe Sie schon einmal gesehen und …“

Amalia musste über die Verlegenheit des jungen Arztes schmunzeln. Sie war sich sicher, dass er ihr seine Bewunderung aussprechen wollte. Sie musterte ihn von oben bis unten, und ihr schien der Anzug abgenutzt.

„Ich bedaure, Ihnen mitteilen zu müssen …“

„Meinen Sie nicht, dass weder die Zeit noch der Bürgersteig passend ist, um mir was auch immer mitzuteilen?“, mit diesen Worten ging sie zur Tür.

„Warten Sie, bitte, ich bin Arzt und habe gestern morgen Ihren Gatten besucht.“

„Sie? Mit welchem Recht?“, fragte sie offensichtlich irritiert. „Wer hat Sie denn gerufen?“

„Ihr Sohn, er war verängstigt.“

„Mein Mann?“

„Genau! Er war leider tot.“

„Tot!“

„Ja, er war schon am frühen Morgen gestorben.“

„Und wie haben sie gemerkt, dass er tot ist?“

„Die Totenstarre hatte schon eingesetzt. Ich würde mich glücklich schätzen, wenn ich Ihnen behilflich sein könnte; ich bin ein wenig bei den Kindern geblieben. Sie waren ganz verschreckt, weil Sie in Paris waren, aber ich konnte nichts tun. Gott sei Dank sind Sie jetzt da! Der Tote riecht so langsam etwas unangenehm …“

Als wäre ihr jetzt erst klar geworden, was geschehen war, rannte sie ins Haus und rief: „Phaidon, Marlen, Kinder!“ Die beiden fielen ihr um den Hals und weinten verzweifelt. „Meine Kinder, wir haben unseren Vater verloren.“ Jetzt fingen die Kinder an hysterisch zu weinen. „Phaidon, von dir hätte ich erwartet, dass du dich um deine Schwester kümmerst und nicht, dass du wie ein Schuljunge flennst, ein achtzehn Jahre alter …“, aber der strenge Geruch nahm ihr den Atem.

„Schnell, schnell, ich bitte Sie, Doktor, ein Bestattungsunternehmen, wir müssen ihn noch heute beerdigen.“

Der junge Arzt war schon am Telefon: „Ja, natürlich bin ich Arzt, ja, ja, ich werde den Totenschein ausstellen …, er ist gestern gestorben …, warum wir so lange gebraucht haben?“ Er legte auf und sah Amalia an.

„Die Mutter war ebenfalls bettlägerig. Sie leidet an Migräne und war nicht in der Lage, sich mit jemandem in Verbindung zu setzen“, flüsterte Amalia ihm zu und brachte die Kinder in den Flur. „Phaidon, Marlen, wie konntet ihr es wagen, einem Unbekannten zu erzählen, dass ich in Paris war?“

„Er hat uns gefragt, Mama.“

„Und wir wussten nicht genau, wann du zurückkommen würdest“, fügte Phaidon hinzu.

„Schon gut, aber ihr sagt nichts euren Onkeln und Tanten, wenn sie gleich kommen. Nichts über meine Reise … und auch nicht, dass euer Vater schon gestern gestorben ist, klar?“

Die Beerdigung fand um ein Uhr mittags statt, und es wurde ein Eilzuschlag berechnet. Eleftherios erklärte, dass er leider nicht dabei sein könne, da seine Frau im Sterben liege. Nur Antonios kam mit seiner Frau. „Meine Güte, war er denn schon ganz verwest, dass es hier so stinkt?“

„Was sollte ich denn tun?“, fragte sie ihn und brach in Tränen aus.

Letztendlich trugen sie ihn zu fünft zu Grabe, und auch der Arzt war dabei. Er half Amalia bei allem und lief hinter ihr her, und auch nach dem üblichen Kaffeetrinken blieb er noch da. Amalia, die in keinem Fall mit den Kindern allein bleiben wollte, beantwortete ihm gern seine neugierigen Fragen, warum keine weiteren Verwandten gekommen waren. Sie erging sich in melancholischen Enthüllungen über die große Familie ihrer venezianischen Vorfahren und die unendlichen Felder, die ihre Schwestern – natürlich gemeinsam mit Pächtern – bestellen mussten, weshalb sie zwangsläufig in der Provinz lebten. Allerdings vermied sie es, Kreta, das sie für unkultiviert und zurückgeblieben hielt, näher zu beschreiben.

Der junge Arzt glaubte, er sei auf eine Goldader gestoßen, die ihn gesellschaftlich und wirtschaftlich nach vorn bringen und ihm gute Beziehungen zu Präfekten sowie Essen mit Ministern einbringen würde. Sie sind eine Göttin, sagte er zu ihr, und nur ein Wunder konnte meinem Leben das Glück bringen, Ihr Sklave zu werden.

Amalia war nachgiebig und nahm die Liebesbekundungen und die Küsse, die er ihr abrang an, während sie gleichzeitig herzzerreißende Briefe an Aspasia schrieb. (Dazu besorgte sie sich allerdings erst Briefpapier mit Trauerrand.) Aspasia wunderte sich, warum wegen des Todes von Epaminondas keine Staatstrauer angesetzt worden war. Und Amalia schrieb ihr immer wieder, dass sie den ungerechten Verlust ihres vergötterten Gatten niemals überwinden werde.

Der eigentliche Schlag ereilte Amalia dann zwei Jahre später. Man versetzte ihr sozusagen den Todesstoß. Phaidon war gerade im zweiten Jahr auf der technischen Hochschule, als er plötzlich hohes Fieber bekam. Der junge Arzt – Amalia wie immer treu ergeben – riet ihr nach drei Tagen, ihn besser ins Krankenhaus zu bringen. Ein anderer Arzt, den sie hinzuzogen, vertrat die gleiche Ansicht und schien sehr beunruhigt. Die Untersuchungen im Krankenhaus ergaben, dass er an fortgeschrittener Leukämie litt und dass es, so erklärten die Ärzte Amalia, für diese Krankheit keine Heilung gab. Die Einsamkeit verstärkte Amalias Verzweiflung nur noch mehr. Sie rief ihre Brüder an und flehte um Hilfe, aber die hatten ihr außer Mitleid nichts zu bieten. Freunde oder Freundinnen hatte sie nie gehabt. Hinterhältig und selbstgefällig wie sie war, konnte sie andere Frauen auf den Tod nicht ausstehen. Da fiel ihr Konstantin ein! Warum sollte sie Phaidon nicht nach Paris verlegen lassen? Sie schickte ihrem Bruder ein Telegramm, in dem sie ihre Anreise mit ihrem leukämiekranken Sohn ankündigte. Konstantin schaffte es gerade noch, ihr zu raten, direkt ins Hämatologiezentrum nach Freiburg zu fahren, wo sie in seinem Namen nach Professor Taglieri fragen sollte.

Nach ihrer Ankunft in Freiburg schickte sie dem Professor umgehend eine höfliche Karte, aber später erfuhr sie, dass er schon von seinem Freund Konstantin Ftenauld informiert worden war. Taglieri hatte tatsächlich ein Telegramm von Konstantin erhalten. „Kümmere dich um die Griechin, die nach dir fragen wird – stop – versuche ihren Mädchennamen in Erfahrung zu bringen – stop – es erwartet dich eine Überraschung!"

Amalia konnte es kaum fassen, dass Phaidon schon eine Stunde nach ihrer Ankunft aufgenommen wurde. Taglieri hatte sogar dafür gesorgt, dass sie sich den ganzen Tag im Zentrum aufhalten konnte, sei es im Zimmer ihres Sohnes oder im Aufenthaltsraum. Sie kam fast um vor Angst, während sie ganz allein in einem Sessel im Aufenthaltsraum saß und wartete. Gegen sieben Uhr abends erschien der Professor mit einem Unbekannten. Taglieri war groß und dunkel mit grauem Haar, einem grauen, recht kurz geschnittenen Bart und zwei dunkelbraunen leuchtenden Augen. Er schlug ihr vor, zusammen ein Bier trinken zu gehen. Amalia wollte für den Fall, dass sie gebraucht würde, lieber bleiben, aber er erklärte ihr, dass der Patient jetzt schlafen und die Nacht, die sie im Hotel verbringen müsse, ihr noch lang genug erscheinen werde. Außerdem könne man sich soviel wie sie wolle über die Verfassung des Patienten unterhalten.

Der Begleiter des Professors war ein junger griechischer Arzt, der im Zentrum seine Ausbildung machte. Er war als Dolmetscher mitgekommen. Kaum hatten sie sich gesetzt, fragte ihn Amalia auch schon nach dem möglichen Krankheitsverlauf aus. Er erklärte ihr, dass er an diesem Abend noch keine Antwort geben könne, denn zunächst müssten die Untersuchungen abgeschlossen werden. „Morgen mittag werden wir mehr wissen, und wir werden Sie über alles Positive informieren. Vermutungen sind unprofessionell."

Sie sah ihn so ergeben und traurig an, dass er ihr freundlich lächelnd vorschlug: „Sollen wir uns ein wenig über Ihre Heimat unterhalten, die ich sehr liebe?"

Dagegen gab es keinerlei Einwände. Amalia bat darum, sich kurz frisch machen zu können. Sie begriff, dass sie Taglieri gefiel. Er war zwar nicht mehr der Jüngste, aber er hatte einen Charme, der sie trotz ihrer Sorge erregte. Sie untersuchte ihren schönen goldbraunen Zopf, legte ein wenig Puder auf und ging zum Tisch zurück.

„Wir sprachen über einen gemeinsamen Freund", sagte er zu ihr, nachdem sie sich wieder gesetzt hatte, „der während des Krieges auf Kreta gelebt hat, und zwar in Ihrem Dorf. Ich habe in Ihrem Ausweis gelesen, dass sie aus Neochori stammen. Habe ich das richtig ausgesprochen?"

„Ja, natürlich", entgegnete ihm Amalia kokett, „Neochori ist die Hauptstadt der Provinz. Ein langweiliges kleines Dorf. Über den Krieg weiß ich nichts. Ich bin 44 am Ende des Krieges geboren."

„Und haben Sie dort überhaupt gelebt?"

„Selbstverständlich! Ich bin dort zur Schule gegangen, habe meine Lehrerausbildung gemacht, tja, und dann habe ich geheiratet und bin weggezogen."

„Aber Ihre Familie lebt immer noch dort? Haben Sie Geschwister?"

„Viele! Neben Konstantin."

„Konstantin ist Ihr Bruder?"

„Sicher! Auch wenn er seinen Namen geändert hat, so bleibt er doch immer ein Ftenoudos."

„Fte – nou – dos?"

„Ja, das ist mein Mädchenname, eine ganz alte Familie, wir stammen von den Venezianern ab, den Adeligen Kretas."

„Also …" Jetzt, nachdem Taglieri ihren Nachnamen herausgefunden hatte, war er ganz aufgeregt und hakte hartnäckig nach: „Sie sagen, Sie hätten viele Geschwister. Wie viele?"

„Acht, noch zwei weitere Brüder und fünf Schwestern. Aber ich bin fünfzehn Jahre nach meiner fünften Schwester geboren, nach Erato."

Taglieri leerte seinen Whisky in einem Zug. „Er – a – to? Was ist das denn für ein Name?"

„Griechisch. Alt natürlich, stammt aus der Mythologie, unsere Mutter war sehr gebildet, sie kam aus einer großen Familie."

„Konstantin und Sie haben selbstverständlich nicht die selbe Mutter!"

Amalia lachte. „Aber was reden Sie da! Wir sind alle Erifilis Kinder …"

„Entschuldigen Sie bitte, Konstantin ist jetzt fünfundsiebzig und Sie? Sie scheinen noch sehr jung zu sein, etwa vierzig. Und Sie sagen, dass Sie eine Schwester haben, die noch älter ist als Konstantin."

„Habe ich das gesagt? Ja, Aspasia."

„Aber dann, meine Liebe, geht die Rechnung nicht auf. Wie alt soll Erifili denn bei Ihrer Geburt gewesen sein? Sechzig?"

„Aber meine Mutter war sehr jung!"

„Irgendwann einmal bestimmt! Aber die Rechnung geht nicht auf. Ich möchte Ihnen um Gottes Willen nicht zu nahe treten, indem ich Zweifel an Ihrem Alter hege. Sie sehen ja auch sehr jung und schön aus. Hat Ihr Vater vielleicht noch einmal geheiratet und hat man Ihnen das verschwiegen?"

„Mein Vater starb, bevor ich geboren wurde." Ihre fröhliche Stimme brach ruckartig ab, und als sie weiter sprach, klang sie bei weitem nicht mehr so selbstbewusst. „Und ich kannte auch meine Mutter Erifili gut. Ich war dreizehn als sie starb."

„Entschuldigen Sie mich, ich habe Sie verwirrt."

„Nein, im Gegenteil! Eigentlich müssten Sie wohl Recht haben", sagte sie und spielte dabei nervös mit ihrer Halskette. Dann griff sie nach dem Kreuz und betrachtete es abwesend.

„Ein schönes Kreuz! Bestimmt auch ein Erbstück, oder?"

„Selbstverständlich! Meine Mutter hat es mir sofort nach meiner Geburt angelegt, noch bevor man mich angezogen hat. So hat es mir meine große Schwester zumindest erzählt … aber Sie haben mich tatsächlich verwirrt."

„Das habe ich absichtlich getan, um Sie ein wenig von Ihrem Sohn abzulenken."

„Nun, das ist Ihnen gelungen! Sie haben mir ein Puzzle vorgelegt, von dem ich nicht weiß, wie die Teile zusammenpassen."

Alle drei lachten.

„Nun haben Sie mir aber noch nicht gesagt – und entschuldigen Sie bitte die Indiskretion – ob Sie die Schönste von all Ihren Schwestern sind."

Amalia lachte kokett. „Fragt man so etwas?"

„Wenn man eine objektive Antwort erwarten kann, warum nicht?"

„Also, meine Schwester Aspasia hält mich schon für die Schönste, aber ich denke, dass Erato die schönste Ftenoudos war."

„Warum war?", fragte Taglieri sichtlich beunruhigt. „Lebt sie nicht mehr?"

Amalia sah ihn offen an. „Aber natürlich lebt sie."

Taglieri entspannte sich und lächelte.

„Und Sie, Herr Doktor? Haben Sie Kinder?"

„Ich? Ich bin noch nicht einmal verheiratet."

Was soll ich nur mit meiner Seele anfangen? Wer kann sie jetzt, nachdem ich sie mit Tausenden von Lügen zugrunde gerichtet habe, noch gebrauchen? Erbarmen! Mein Gott, was soll nur aus mir werden? Du fehlst mir so sehr! Es ist, als hätte mich der Tod bloßgestellt! Was ist aus meinem Sohn geworden, dessen Gegenwart allein mir das Gefühl gab, alles richtig gemacht zu haben? Ich habe mein Leben lang alles verkehrt gemacht, falsche Ausreden, geheuchelte Gefühle, und nun zwingt mich sein schrecklicher Tod in die Knie. Steht mir denn keiner bei? Doch wer sollte mir schon beistehen, wo ich doch nie jemanden geliebt habe, niemanden, noch nicht einmal meine eigene Mutter (sofern sie denn meine Mutter war)! Aber wenn keine Liebe in mir ist, wo soll Gott dann bleiben? Außerhalb meines Herzens? Gott braucht doch ein Heim, Vertrauen, weiche Pantoffeln, Wärme. Und ich bin heimatlos, ungläubig, ungastlich. Nein, noch nicht einmal meinen Sohn konnte ich lieben! Das sieht man daran, dass erst sein Tod mir klar gemacht hat, wie zerstört mein Herz ist, leer und verlassen und mein Ehrgeiz aufgezehrt. Dieser Ehrgeiz ließ mich meinen mittellosen Schwestern gegenüber überheblich werden, und ihre Unfruchtbarkeit nährte meinen Stolz. Und jetzt scheint auch das nur eine weitere Lüge des unendlichen Elends zu sein, das ich nur deshalb auf mich geladen habe, um den anderen zu zeigen, wie glücklich ich bin. Wessen Kind bin ich, wenn Erifili mich nicht geboren hat? Wie sehr und wann hat Taglieri Erato geliebt? Erato durfte also die Liebe erleben, die mir nicht vergönnt war? Wie sehr hat Taglieri Erato geliebt? Diese Frage dröhnte in ihrem Kopf, als wolle sie ihn zersprengen.

Drei Jahre nach der ersten Operation fand man bei Aspasia erneut Metastasen. Sie flehte Amalia an, zu ihr zu kommen. Aspasia versprach ihr nicht nur, sie zu ihrer Alleinerbin zu machen, sie lüftete auch endlich das Geheimnis um Amalias Geburt. Amalia konnte sich erst nicht vorstellen, dass sie es wagen würde, diese Frage zu stellen. Als sie dann aber die kleine Küche betrat und sich zu Aspasia setzte, kam die Frage einfach über ihre Lippen: „Schwester Aspasia, du musst mir sagen, mir verraten, wer mich geboren hat."

Aspasia konnte nur mit Mühe die Augen offen halten. „Wer hat dir das verraten? Hast du die kleine Nutte getroffen?“ Die Zeit war auf einmal zurückgedreht; die Geschehnisse und die Menschen, die Vergangenheit lebten wieder auf.

„Keiner außer ihr selbst und uns hat das gewusst.“

„Ist Erato meine Mutter?“, schrie Amalia und holte Ergini herein. „Bin ich nun ein Bastard oder nicht?“

„Beruhige dich, Schwester, Tonino hatte doch Wort gehalten und ist zurückgekommen, um sie zu heiraten ...“

„Taglieri ist hierher gekommen? Wisst Ihr überhaupt, wer Taglieri ist? Der Professor, der große Professor, der meinen Phaidon in der Klinik in Freiburg untersucht hat. Und warum hat er sie dann doch nicht geheiratet? Hat er erfahren, dass sie eine Nutte ist?“

„Nein, Schwester Amalia! Aspasia hat ihn fortgejagt!“, erklärte ihr Ergini.

„Du hast ihn fortgejagt, Schwester? Und meine Rehabilitierung verhindert?“

„Aber du warst doch rehabilitiert. Im Standesamt wirst du als Ftenoudos rechtmäßige Tochter geführt.“

„Und das ist dasselbe? Ihr habt mir meinen wahren Vater vorenthalten, den großen Professor Taglieri?“

Amalia verließ die Sterbende völlig empört und ging, Selbstgespräche führend, immerzu auf und ab. „Zu Recht konnte ich diese hochnäsige Ziege nie leiden, sie hat mich verstoßen. Man stelle sich nur vor, wie merkwürdig es ist, dass ich mich nicht daran erinnern kann, jemals von ihr berührt worden zu sein. Ihr anderen habt mich alle verhätschelt, und sie hat mich niemals auch nur berührt.“

„Sie war eifersüchtig auf dich“, rief Aspasia, „weil du schöner warst als sie.“

„Meinst du? Meinst du, sie hat mich aus Eifersucht nie geliebt? Und der Mutterinstinkt? Was ist mit ihrem Mutterinstinkt? Habe ich nicht das leiseste Gefühl in ihr geweckt? Wer liebt denn nicht sein eigenes Kind? Nur ein Ungeheuer macht so etwas. Ja, das passt zu der schönen Erato, Ungeheuer!“

Amalia konnte nicht verstehen, dass es jemanden in der Familie geben sollte, der sie nicht liebt, und dass derjenige ausgerechnet ihre eigene Mutter sein sollte.

Am nächsten Morgen um zehn, als sie sicher sein konnte, dass Ekaterini und ihr Mann in der Schule waren, ging sie zu Erato. Erato öffnete die Haustür, und die beiden sahen einander wortlos an. Dann trat Erato zur Seite. „Willst du mich besuchen?“, fragte sie und ging ins Haus. Sie war noch immer eine schöne Frau, rank und schlank, so wie Amalia sie von früher her in Erinnerung hatte, mit diesen einzigartigen veilchenblauen Augen. Nur das goldene Haar war an einigen Stellen schon ein wenig grau geworden, so als wären Schneeflocken in ihm hängen geblieben.

Amalia setzte sich auf den Stuhl, den Erato ihr anbot. Eratos Abgeklärtheit regte sie auf, und deshalb wurde sie feindselig. „Ich frage mich, wie du derartig arrogant sein kannst?“

„Warum fragst du dich das?“, lächelte Erato. „Mag sein, dass ich mittlerweile auf gewisse Weise arrogant erscheine, ja, euch allen gegenüber, denn letztendlich war ich die einzige, Ekaterini ausgenommen, die ein natürliches Leben geführt hat, die die wahre Liebe mit einem richtigen und jungen Mann genossen hat. Das war meine Mitgift im Leben, so habe ich es ausgehalten …“

„Du spricht von deinem letzten Ehemann?“, fragte Amalia.

„Nein, ich spreche von meinem ersten Liebhaber.“

„Und wer soll das gewesen sein?“

„Ein Soldat.“

„Selbst bei dem, was du sagst, bist du trotz all der häßlichen Dinge, die du getan hast, auf eine zynische Weise standhaft, die mich schon immer abgeschreckt hat“, sagte Amalia.

„Diese Standhaftigkeit habe ich von unserer Mutter geerbt.“

„Die dich gedeckt hat, als du mich geboren hast?“, warf Amalia provozierend ein.

Erato, die begriff, dass alles ans Tageslicht gekommen war, blieb ruhig und gelassen. „Nein, nicht nur deshalb“, versicherte sie ihr. „Für dich ist es natürlich schwer zu verstehen. Meiner Mutter zuliebe wäre ich durch die Hölle gegangen. Aber ich habe es geschafft, um ihr zu danken; dieses Wunderbare, was zwischen uns existierte, ließ mich so standhaft werden. So gelang es mir, dich nicht ein einziges Mal zu begehren, während du von einem Arm zum anderen gereicht wurdest, nicht verletzt zu sein oder mich als verlassene Mutter zu fühlen und letztlich, dich nicht zu lieben.“

Amalia glaubte ihr Ziel erreicht zu haben. „Wie sollte eine minderjährige Hure wie du auch ihren Bastard lieben?“

„Ja, ich war gerade sechzehn Jahre alt, als ich dich bekam, und doch hatte ich schon zwei Menschen geliebt, deinen Vater und meine Mutter, diese unglaubliche Frau, von der es mir vergönnt war, geboren zu werden. Beklag dich nicht darüber, Amalia, dass du mein Bastard bist. Du hast von Erifili doch sowieso rein gar nichts begriffen.“

„Ach, ja? Dann bist du also die einzig Privilegierte?“

„Du bist es jedenfalls nicht, Amalia, sonst hättest du nicht eine solche Ehe führen können. Oder glaubst du wirklich, Erifili hätte es zugelassen, dass du deine Jugend an diesen alten Tattergreis verschwendest?“

„Ich erlaube dir nicht ...“, schrie Amalia außer sich.

„Das Traurige ist, dass du nicht einmal dir selbst viel erlaubt hast.“

„Was denn zum Beispiel, du späte Allwissende?“

„Dich Aspasia zu widersetzen, die von Geburt an alt war, uralt. Und du hast es mit neunzehn Jahren übernommen, ihren dämlichen Ehrgeiz zu verwirklichen. Gegen Aspasia war unsere Mutter genauso jung wie ich. Sie war die Freiheit selbst. Man muss die Freiheit in sich haben, um sie zu erkennen, wenn man auf sie trifft. Du hast allerdings nichts weiter in dir als Neochori, und eingebildet wie du bist, meinst du, dort Eindruck schinden zu müssen.“

„War Erifili, die Bauersfrau, etwa freier als ich, die ich allein nach Paris gefahren bin?"

„Wir beide sprechen nicht die selbe Sprache. Erifili ist noch nicht einmal in Athen gewesen, aber in ihrem eigenen Schicksal hat sie die Jahrhunderte und die Millionen unterdrückter Frauen überwunden, all die Qualen und die Selbstherrlichkeit der männlichen und weiblichen Tyrannen. Gibt es einen größeren Tyrann als unsere Aspasia? Deshalb respektierte sie das Leben der anderen, deren Liebe, all das Wahre und Echte, das sie in sich trugen und vor allem die Reinheit ..."

„Nach acht Kindern hat sie sich ihre Reinheit immer noch bewahrt?"

„Ja, nach acht Kindern war es genug für unsere Mutter, ihr Körper hatte genug geleistet, unendlich viel Milch ist aus ihrer Brust geflossen, ihre Gebärmutter war ausgelaugt, und es gab keine Stelle mehr in ihrem Körper oder in ihrem Geist, wo sich Neid oder Hysterie hätte einnisten können. Ganz im Gegenteil! Sie erkannte die Reinheit und verteidigte sie wie eine Löwin ..."

„Erzählst du mir jetzt diesen ganzen Unsinn, weil du mir weismachen willst, dass du rein warst, als du dich in der Weinpresse mit dem Italiener rumgewälzt hast?"

„Du irrst dich! Ich möchte und ich muss dir nichts beweisen. Nicht ich bin zu dir gekommen. Es wird also langsam Zeit, uns zu erzählen, wie wir zu der Ehre deines Besuches kommen?"

Amalias Gesichtszüge waren angespannt und sie sah Erato ratlos an.

„Also? Was willst du?", wiederholte Erato.

„Heißt das", fragte Amalia, „du freust dich nicht, dass ich jetzt weiß, dass du meine Mutter bist?"

„Warum sollte ich? Was geht mich das an?"

„Aber ich bin deine Tochter, wie kannst du so mit mir sprechen?"

„Es gibt Eigenschaften, die im Laufe eines Lebens verkümmern, wenn man sie nicht trainiert. Was heißt: meine

Tochter? Als Schwester hast du mich ignoriert und erwartest nun, dass ich gerührt bin, weil du mir einen anderen Titel gibst?"

„Wieder diese arrogante Standhaftigkeit?"

„Was will man machen? Wenn man die Welt besessen und verloren hat, wird man sehr standhaft, man begnügt sich mit einigen wenigen Werten, sehr wenigen."

„Meinst du Mutter?"

„Auch Penelope, die ihr für ein Ungeheuer haltet und sie auch so nennt."

„Aber du kennst mich ja gar nicht, mich schätzen sehr viele Menschen."

„Das kann ich mir vorstellen! Viele gibt es überall, die wenigen sind selten."

„Wie Erifili?"

„Natürlich! Du wirst gewiss nicht begreifen können, dass sie im Grunde ihres Herzens glücklich darüber war, dass ich mich in Tonino verliebt, mich Tonino hingegeben und dich empfangen habe …"

„Unsere Mutter? Verleumdung!"

„Sieh dir doch das Elend um dich herum und in dir an! Vier tote Frauen, erbärmlich, verschroben, mit schwarzen Kopftüchern, die ihren eigenen Tod betrauern."

Amalia riss an dem schwarzen Tuch, das ihren Kopf bedeckte. „Ich trage das doch nur für die Leute im Dorf …"

„Man maskiert sich immer nur für die anderen, für den Tod, für die Hochzeit."

„Und sag nicht noch einmal, ich sei tot, ich habe zwei Kinder geboren."

„Tatsächlich, von wem?"

Amalia sah sie mit großen hasserfüllten Augen an. „Du wagst es?"

„Warum nicht? Meinst du wirklich, irgendjemand glaubt daran, dass dieser alte …"

„Ich bin anständig", schrie Amalia völlig außer sich.

„Du bist zu bedauern! Noch nicht einmal der Tod deines Sohnes hat dich erlöst. Die Unterhaltung mit dir ist völlig uninteressant, los, geh …“

In Amalias Augen spiegelte sich jetzt Angst, aber sie stand auf. „Eine letzte Bitte habe ich noch, sag mir, war Taglieri mein Vater?“

„Ich habe seinen Nachnamen nie erfahren. Du bist ein echter Bastard.“

„Danke. Du möchtest mich wohl nicht wiedersehen?“

„Ich wüsste nicht, warum.“

„Aber ich bin doch dein Kind.“

„Lass die Witze! Ein weiser Mensch hat einmal geschrieben, dass die zugrunde gerichteten Menschen die gefährlichen sind, weil sie wissen, dass sie überleben können. Also, mach's gut!“

Es war derart still hier, dass die Gegend einen völlig verlassenen Eindruck machte. Der Herbst hatte mit bunten Farben Einzug gehalten, und zarte Wolken hingen am Himmel als wären es Wattebäuschchen. Bäume, Sträucher und Blumen wuchsen ungezähmt und üppig und wirkten wie Vorboten der Abgeschiedenheit, die einen hier erwartete. Sie bildeten eine Mauer zwischen dem versteckt liegenden stillen Haus der Ftenoudos und dem traurigen, verschlafenen Örtchen. Durchschritt man den mit dichtem Grün überwachsenen Fußweg, der zum halb geöffneten eisernen Eingangstor führte, konnte man ungesehen ein paar dunkle, stille Gestalten beobachten, die leichtfüßig auf der Terrasse des Hauses hin und her gingen. Es war nicht auszumachen, ob es drei Frauen waren oder nur eine und ihr Schatten, denn sie wirkten so gleich und so uralt, als wären sie verblichene Abbilder von Wesen einer schon vor Jahrzehnten zu Ende gegangenen Zeit. In der Küche röchelte jemand und rang nach Atem. Die Küche hatte eine niedrige

Decke und befand sich in einem ehemaligen Herrenhaus, das einmal bessere Zeiten gesehen hatte, aber schon immer nur aus einem einzigen Stockwerk bestand. Im Kamin flackerte ein schwaches Feuer aus dürrem Holz und Ästen, so dass die Gegenstände, von denen die im Sterben liegende alte Frau umgeben war, Furcht erregende Schatten warfen. „Wo bist du? Wo ist sie?“, hörte man sie plötzlich fragen. Ergini lief zu ihr. Die beiden anderen, Ekaterini und Erato, blieben auf der Schwelle stehen, damit die Sterbende ihre Anwesenheit nicht bemerke. Ergini hatte ihnen heimlich Bescheid gegeben, dass Aspasias Leben zu Ende ging. „Ihr lasst mich allein sterben“, konnten sie Aspasia sagen hören. „Sie hat uns doch alle umgebracht!“, flüsterte Erato Ekaterini zu. Und wieder konnte man die schwache Stimme hören: „… keine von euch hat sich erboten, gegen meinen Tod zu protestieren …“ Erato grinste und flüsterte wieder: „Die byzantinische Kaiserin erwartet, dass die Massen zu ihren Füßen sterben, um ihren Protest zum Ausdruck zu bringen … Ich schäme mich, Ekaterini, aber ich habe kein bisschen Mitleid. Aber ich freue mich auch nicht. Was immer sie mir Schlechtes antun konnte, hat sie mir angetan. Was soll sie bei uns alten Frauen noch beherrschen … Hier in diesem Garten liebte ich und wurde geliebt. Ich sah mein Leben wie ein Fest in den rosigsten Farben. Wieviel Gewalt kann man einem Menschen antun! Vielleicht lohnte es sich, dass jemand eine Komödie spielte, so als Triumphgesang. Ich sterbe vor Freude über den Tod des Tyrannen. Nun, wo ich keinerlei Hoffnung mehr habe und auch meine wundervolle Jugend nicht zurückholen kann, meine wunderbare Liebe. Ein letzter bitterer Hohn für diese Menschenfresserin, die vier Menschen getötet hat. Unsere Mutter, Ergini, Penelope und mich! Ich spucke auf diese Mumie, die uns zugrunde gerichtet hat. Ja, ich schaffe das“, sagte sie und verschwand im dunklen Eingang des Kellers. Hier, hier in meinem Liebesnest! Sie nahm das Seil und kletterte auf das Dach der Weinpresse, wo sie das eine Ende über den Balken schob.

Leichtfüßig kletterte sie hinunter und stellte den Hocker unter die Schlinge, die sie gemacht hatte. So blieb sie regungslos stehen, die dunkelblauen Augen starr auf die Decke gerichtet. Ihre Beine wurden mit einem Mal schwer wie Blei, und sie konnte nicht einmal mehr den Hocker wegstoßen. Jener Schmerz, die raue Hand, die ihre Brust seit den Nächten, in denen sie von Tagaris vergewaltigt worden war, zusammendrückte, drang wieder in ihr Herz. In der Küche hörte man ein gedämpftes Brüllen, und Ergini rannte mit Penelope im Schlepptau in den Keller. Sie kletterte geschwind auf das Dach der Presse und nahm die Schlinge vom Hals der Keuchenden. „Das ist nicht mehr notwendig, komm runter, Schwester Aspasia ist tot“, sagte sie so gefühllos, wie sie über alles sprach. Eine Weile standen sie sich von Angesicht zu Angesicht gegenüber. Ein letzter Schmerz stach in Eratos Brust und trieb ihr die Tränen in die Augen. „So etwas ist in unserer Familie verboten“, rief Ergini zögernd und Erato sackte zu ihren Füßen zusammen. „Erato, Erato“, Penelope, die sich über sie geworfen hatte, weinte genauso brüllend wie sie lachte.

„Herzinfarkt“, konstatierte der Arzt zehn Minuten später. Hatte sie sich nie über ihr Herz beklagt? „Nie!“, versicherte Ekaterini.

Sie wurden zusammen begraben. Der Täter wäre nicht gegangen, hätte er sein Opfer nicht mit sich nehmen können.

Zwischen den beiden Gräbern wurde ein Kreuz aufgestellt. *Hier ruhen die beiden Schwestern Aspasia und Erato Ftenoudos, die am 19. Oktober 1977 gleichzeitig gestorben sind.*

Am nächsten Tag kam der Postbote zu Ekaterini in die Schule. „Frau Lehrerin, ich habe hier diesen Brief, den ich wohl Ihnen übergeben muss, denn er trägt erst ihre Anschrift und dann darunter den Namen der Verstorbenen.“

Ekaterini machte den dicken Umschlag erst zu Hause auf.

Meine liebe Schwester Erato,

ich schreibe dir hier von Paris, wo ich – wie du weißt – seit nunmehr sechzig Jahren lebe. Ich bin dein Bruder Konstantinos, und selbstverständlich erwarte ich nicht, dass du dich an mich erinnerst, denn als ich wegging, lagst du noch als niedliches Baby in den Windeln. Das nur zum Kennenlernen. Denn durch einen Zufall weiß ich, dass du eine frühzeitige und schmerzhafte Jugend gelebt hast. Ich weiß sogar, dass du gequält wurdest, das hat mir deine dämliche Tochter Amalia gesagt. Sie ergötzte sich richtig an ihrer eigenen Moral, die sie mir, wie ich glaube, in der Hoffnung präsentierte, mich zu beerben. Ich weiß, dass du dich selbst als Gefangene der grässlichen Aspasia nicht hast unterkriegen lassen, und dass du nach nur wenigen Tagen mit einer erpresserischen Ehe Schluss gemacht hast. Ich schätze dich für all das, Erato, mein Mädchen, und ich würde dich gern zu mir holen, damit du den Rest deines Lebens sorgenfrei und in Reichtum leben kannst. Aber ich habe dir noch etwas viel Bedeutsameres zu sagen. Ich kenne Tonino und bin ihm brüderlich verbunden, auch wenn er viel jünger ist als ich. Dieser wunderbare Mensch hat erstaunlicherweise nie geheiratet und ist heute ein netter alter Kerl. Aber was kann man in einem Brief schon schreiben, Schwester? Sobald du mir bestätigt hast, dass du diesen Brief erhalten hast, werde ich dir soviel Geld schicken, wie du brauchst, um mit dem nächsten Zug oder Flugzeug hierher zu kommen. Ich fühle mich wirklich wieder jung in der Gewissheit, dass wir beide zusammenkommen werden.

Dein Bruder Konstantinos

Ich lege dir einen Brief von Tonino bei, heute Professor Taglieri. Er hat ihn mir diktiert.

Ekaterini musste warten, bis ihre Tränen versiegt waren, bevor sie den nächsten Brief lesen konnte.

Erato, ich kann es kaum fassen, dass es dich gibt, ich kann es kaum fassen, dass mit dir die ersten herrlichen zwanzig Jahre meines Leben leben.

Erato, mein Mädchen, ich bin so frei und nenne dich mein Mädchen, weil ich vom verehrten Konstantin erfahren habe, dass auch du dein Leben nicht so gestaltet hast, wie es sollte, so dass wir über ein Märchen sprechen, das nach mehr als vierzig Jahren Wirklichkeit werden kann. Gewiss, Erato, ich bin nicht mehr der junge Mann, in den du dich verliebt hast, und auch du bist wohl nicht mehr das winzig kleine Mädchen, das ich in meinen Händen verschwinden lassen konnte. Wenn du dem Vorschlag deines Bruders zustimmst und zu ihm kommst, dann, meine Kleine, werden auch wir uns treffen und erfahren, ob wir ein zauberhaftes Märchen sind, das überlebt hat. Ich gestehe, dass ich gern wieder in deine wundervollen Augen sehen und mich den Rest meines Lebens in ihnen verlieren möchte, wie lang auch immer dies Leben noch sein mag. Natürlich werde ich nichts tun, um dir meine heutige Erscheinung aufzudrängen, meine liebe kleine Erato. Du kannst frei bei deinem Bruder leben, und wir können uns als Freunde treffen. Wäre das allein nicht schon herrlich?

Dein Tonino

Ekaterini steckte den Brief in ihre Tasche und ging am Nachmittag zum Friedhof, um Kerzen anzuzünden. Zumindest sagte sie das zu ihrer Tochter Angeliki. Eratos Grab war noch frisch. Sie grub mit einem Messerchen so tief es ging ein Loch und steckte den Umschlag mit den zwei Briefen hinein.

Penelope saß auf der Treppe zur Terrasse, denn jetzt nach Aspasias Tod gab es niemanden mehr, der ihr das verbot; sie hatte das Gefühl, in dem luftleeren Raum ihrer Freiheit und in der Lücke, die Erato hinterlassen hatte, zu segeln. Sie fragte sich, ob das Leben mit dem Tod zu Ende geht oder mit dem endgültigen Verschwinden jener, die wir lieben. Und sie fragte sich auch, was sie in dem leeren und stummen Haus anfangen sollte, ohne irgendwo ihr Herz lassen zu können. Nein, sprach sie mit ihrer dunklen Stimme vor sich hin, die Erinnerung an die Toten reicht uns nicht. Natürlich blieb noch Ergini, aber die hatte noch nie viel gesprochen, und außerdem war sie auch den ganzen Tag auf dem Feld und kam erst am Abend todmüde vor Erschöpfung nach Hause. Erato hatte ihr beim Träumen geholfen. Durch sie sah Penelope die weiten Meere, die großen Eisenbahnen und die Flugzeuge, die als einsame Vögel am Himmel flogen. Deshalb war sie freudig überrascht, als sie eines Nachmittags Angeliki mit ihrem Verlobten Petros in der Tür stehen sah. Wir wollen dich auf einen Spaziergang abholen, sagten sie zu ihr. Die fünfzehn Kilometer, die sie vom nächsten Strand trennten, brachten sie schnell hinter sich. Petros trug sie in seinen Armen zum Strand hinunter und stellte sie aufrecht auf einen Felsen. Penelope schrie auf, als sie das ruhige Wasser der kleinen Bucht sah.

„Ah, oh, das Meer!“, schrie sie, und etwas in ihrer rauen, tiefen Stimme jubelte triumphierend, während sie ihre kurzen Arme ausbreitete, als erwartete sie, dass sich das Meer hineinwerfe.

„Gefällt es dir, Penelope?“

Mit weit aufgerissenen Augen wich sie lächelnd zurück, stolperte über einen kleinen Felsbrocken und fiel rücklings hin. Das erstaunte Lächeln blieb in ihren aufgerissenen Augen festgefroren und auch um den Mund, während der wenigen Tage, die sie nach dem Schädelbruch noch lebte. Angeliki bestand darauf, ihre wirren Haare mit einem Brautkranz aus Zitronenblüten zu schmücken.

Anmerkungen

1 Diogenes war eine Heldengestalt der byzantinischen Zeit. Er entkam dem Tod in vielen Kämpfen, konnte ihn letztendlich aber nicht besiegen.

2 Schlucht bei Sparta, in die erst Kriegsgefangene, später dann die Leichname von zum Tode Verurteilten geworfen wurden.

3 Iphigenie wurde von ihrem Vater Artemis geopfert, um die Götter zu besänftigen und das Absegeln der griechischen Flotte gen Troja zu ermöglichen.

4 Der Mythologie nach König der Mykener, der die Griechen im Krieg gegen Troja anführte

5 1818-1875, erste Königin Griechenlands, Gemahlin von König Otto

6 Säure

7 griechische Nationalfeiertage

8 5. Jhd. v. Chr., Kurtisane, Geliebte und höchstwahrscheinlich auch zweite Frau des Athener Politikers Perikles

9 Eleftherios Venizelos: 1864-1936, kretischer Politiker, zwischen 1910 und 1933 sieben Mal Premierminister von Griechenland

10 Kostas Ouranis: Pseudonym von Kostas Niarchos, 1890-1953, Dichter, Prosaiker, Übersetzer und Journalist aus Konstantinopel

11 Kostas Varnalis: 1884-1973, Dichter, Prosaiker und Essayist aus Pyrgos, Bulgarien

12 Stadtteil von Athen

13 Stadtteil von Athen

Martin Schlobies:
Griechische Sommertage
158 Seiten, ISBN 978-3-937108-33-9

„Sehnsucht“, sagte sie, „das ist etwas, das ich verstehe. Die Seele ausbreiten. Irgendwohin fliegen. Irgendwohin.“ – „Wie heißen Sie?“ – „Katherina.“
Martin Schlobies erzählt die Geschichte einer Ferienliebe, die aufs Ganze geht, die zwischen Begehren und Angst oszilliert und die selbst im Moment der größten Nähe erkennen muss, wie schwer die Einsamkeit zu überwinden ist.

Bettina Otto:
Der Heros von Phaistos.
Historischer Roman
432 Seiten, ISBN 978-3-937108-13-1

Im minoischen Kreta um 1450 v. Chr. geraten der Sklave Siron, das Waisenkind Keÿx und die Amazonin Moira in den Strudel umwälzender Veränderungen. Aus dem Blickwinkel dieser drei Lebensgeschichten wird das Bild einer Gesellschaft gezeichnet, die in künstlerischer, politischer und religiöser Hinsicht eine Sonderstellung im östlichen Mittelmeer einnahm. Zum Zeitpunkt des Geschehens neigt sich in der Ägäis die Jahrhunderte währende pax minoica ihrem Ende zu.

Jürgen Bosch:
Melambés oder Die Frau vom Strand
203 Seiten, ISBN 978-3-937108-15-5

Rechtsanwalt Max Bauer hat finanziell ausgesorgt und lebt viele Monate im Jahr auf Kreta. Als er den Auftrag übernimmt, die Frau eines deutschen Unternehmers zu suchen, ahnt er noch nicht, dass ihn seine eigene Vergangenheit einholen wird. Da die Vermisste zum Verwechseln einer geheimnisvollen Frau ähnlich sieht, mit der er vor Jahren auf Kreta eine bizarr verhängnisvolle Liebesbeziehung hatte, gerät die Suche nach ihr zu einem verwirrenden Spiel um Gewalt und Leidenschaft. Er muss sich auch mit seinen eigenen Erinnerungen auseinandersetzen.

Paul Werner:
Inseln, Mythen und Geschichte(n)
Auf der Solskin durch griechische Gewässer
344 Seiten, ISBN 978-3-937108-35-3

Der Segeltörn auf der Solskin zu knapp 30 griechischen Inseln der Ionischen See und der Ägäis ist eine raumgreifende Reise über fast 1500 Seemeilen. Sie ist dazu eine Zeitreise durch die Mythologie und die Geschichte Griechenlands. Homer, Demosthenes und die Sappho, Hippokrates, der Dr. House der Antike, die Archäologen Schliemann, Evans und Marinatos, die Minoische Katastrophe und der Attische Seebund, der Peloponnesische Krieg, die Balkankriege und der griechische Bürgerkrieg und vieles mehr sind Facetten einer humorigen und nachdenklichen Erzählung, die den Hellenen auf ihrem Weg folgt von der Antike zur modernen Nation.

Peter Trudgill:
In der Sfakia. Geschichte und Geschichten – unsere Zeit im wilden Kreta
258 Seiten, ISBN 978-3-937108-25-4

Die Sfakia wird gern als das wilde Herz Kretas bezeichnet. Von dieser abgelegenen und dünn besiedelten Region im Südwesten der Insel bekommen Touristen einen ersten Eindruck bei einer Wanderung durch die Samaria-Schlucht. Peter Trudgill und seine Frau Jean Hannah besuchen die Sfakia und ihr Zentrum Chora Sfakion seit den 70er Jahren regelmäßig. Trudgills Reisebericht ist mehr als die touristische Wahrnehmung einer paradiesischen Landschaft. Unterhaltsam schreibt er über Natur, Landschaft, Geschichte und Legenden der Region, über Alltagskultur, Mentalität und Lebensart ihrer Bewohner. Der Autor versteht es, uns in einer literarisch dichten Beschreibung die Welt und den Geist der Sfakia nahe zu bringen.

Bestellung im Buchhandel oder direkt beim Verlag.

Verlag Dr. Thomas Balistier

Egartstr. 19, D-72127 Mähringen
Tel.: 07071/368018 Fax: 07071/368018
www.kreta-buch.de